LES POISSONS NE CONNAISSENT PAS L'ADULTÈRE

Du même auteur

Mort aux cons, Hachette littératures, 2007.

www.editions-jclattes.fr

Carl Aderhold

LES POISSONS NE CONNAISSENT PAS L'ADULTÈRE

Roman

JC Lattès

ISBN : 978-2-7096-3415-1

Première édition, janvier 2010.

Épître dédicatoire

Avec l'avènement des temps démocratiques, l'habitude s'est perdue, parmi les écrivains, de remercier leur protecteur pour mieux se prémunir des éventuelles foudres que pourrait susciter leur prose. Loin de moi l'idée de regretter de telles mœurs mais qu'il me soit permis ici d'adresser ma gratitude aux femmes qui m'ont aidé dans cette entreprise et par là même de me placer (un peu) sous leur protection. Il y a d'abord Pascale pour son amour contagieux de la vie ; Mathilde, pour qu'elle n'oublie pas que rien n'est jamais écrit, même si c'est un romancier qui le dit ; Sylvie qui nourrit le monde et aussi les écrivains ; Maryline, la femme sans théorie ; Aline qui retrouvera sans peine la dette contractée ; Karine parce qu'évidemment, elle ne pouvait manquer à l'appel ; Colette et Muriel pour leur prénom ; Karina et sa science de l'editing extrême ; Isabelle, Emma et Christine, les trois Sirènes à la relecture précieuse. Et Mike qui, bien que se cachant sous un prénom d'homme, n'en est pas moins la femme de ma vie.

« I'm in love with the queen of the supermarket
... Nothing can hide the beauty waiting there »
B. Springsteen, *Queen of the supermarket.*

1

Julia Roberts prend le train

Tout ça, c'est à cause de la surprise des copines.

Pour l'instant, Djamel et sa fille Laura la croient en route pour son boulot. Un trajet tellement réglé qu'ils pourraient, rien qu'en regardant leur montre, deviner où elle est.

Elle a fermé la porte du pavillon, puis la grille du jardinet. Pris à droite dans l'impasse pour rejoindre l'arrêt de bus. Au loin, un visage de femme monte et descend sur un panneau publicitaire. Ses pas résonnent sur le macadam. Une rafale de vent la décoiffe et l'oblige à tourner la tête. Sur le trottoir d'en face un homme, jeune, la siffle. « J'te kiffe madame, j'te kiffe ! » crie-t-il. Elle lui jette un coup d'œil amusé. Cela fait bien dix ans qu'une telle chose ne s'est pas produite. Au cours d'une soirée, dans un camping, un type l'avait draguée et Djamel lui avait cassé la gueule. Pim, pam. Un coup de boule, l'autre le nez en sang. Elle l'aimait quand il se comportait comme un vrai homme. Maintenant, ils ne se font même plus la bise en se couchant. Une sexualité de poisson pané. Sa copine Martine lui avait dit que les couples qui s'embrassaient souvent s'engueulaient peu.

« J'te kiffe, madame ! » Elle rit. Aux éclats. L'autre renchérit. « T'es trop belle, madame ! » Il lui adresse de grands gestes, la main sur le cœur… Elle reprend son souffle. Un bruit de moteur la fait sursauter. Le bus passe tout près d'elle, le bas de sa robe vole. Une rangée de nuques et au-dessous une publicité pour une station de radio s'éloignent. Des flashs. À l'arrêt, cent mètres plus loin, des gens montent, d'autres descendent. Un gros soupir et le bus redémarre. Maintenant qu'elle l'a manqué – une première en sept ans – elle sera en retard au travail.

Elle le regarde grimper lentement la côte et tourner vers Montrouge. Un grand froid. Jusqu'alors, dans sa tête, un sentiment irréel, rien de grave. Elle pourrait téléphoner, demander à Martine de la conduire en voiture.

Mais la disparition du bus, le ballet incessant des voitures dans l'avenue, et les ouvriers avec leurs casques s'affairant sur le chantier en contrebas, lui font soudain comprendre qu'elle ne pourra pas rattraper le coup. Elle voit, comme si elle y était, son chef de magasin, le visage rose, on dirait un collégien, vingt-trois ? vingt-quatre ans ? le gnome comme l'a surnommé sa fille, l'air agacé, lui faire la morale, et elle risquer une explication balayée d'un haussement d'épaules.

Déboussolée, elle lève les yeux pour s'extraire du chaos de la circulation et du bruit, et reconnaît la femme sur l'affiche. C'est Julia Roberts qui tient contre sa joue un flacon de parfum. Toutes les quinze secondes, elle s'efface pour laisser place à un lave-linge en promotion, puis réapparaît.

Ce va-et-vient la berce et l'apaise.

Le hublot de la machine. Le visage de la star. Le sourire chaleureux et le métal froid. Elle se trouve la même bouche que l'actrice. Peut-être un peu moins grande, mais en tout cas, le même rire gêné qui envahit tout son visage. Le côté mal à l'aise, qui lui donne une expression un brin triste quand elle sourit.

Évidemment. C'est facile pour Julia Roberts de garder cette grâce en toute circonstance, même quand elle joue les pauvres filles ou les prostituées… Une batterie de maquilleurs et de coiffeurs. Tandis qu'elle, sans la surprise des copines…

Au début, ça paraissait anodin, cette « fameuse » surprise pour ses quarante ans dont Martine et les autres lui avaient rebattu les oreilles pendant une dizaine de jours avec un ton plein de mystère. Elle les connaissait leurs surprises. Une journée sans enfants, sans repas à préparer. Un bowling, un resto, un karaoké… Ce matin-là, elles l'avaient appelée avec des airs de comploteuses pour boire un café, chez Martine. « J'fais pipi et on y va », avait dit celle-ci au bout de dix minutes. « Où est-ce qu'on va ? – Surprise ! » avaient-elles clamé dans un grand éclat de rire.

Les fossettes de l'actrice. La promo sur l'appareil.

Tout ça ne peut pas avoir eu lieu pour rien. Elle voudrait lui dire à Julia Roberts.

Le soir quand il avait vu leur cadeau, Djamel s'était couché sans un mot. Elle s'était serrée contre lui. Il l'avait repoussée. « Des fois, j'me demande ce qui te passe par la tête… – Oh Djamel. » Il s'était retourné. « Putain, la gueule qu'ils vont faire tes collègues… » Il n'avait rien compris.

C'est pourtant simple. Ce n'est pas un coup de chaud. Bien sûr que c'est plus profond. Enfin tout est lié, l'idée des copines et la perspective de la quarantaine.

Elle n'en peut plus, elle étouffe, engluée dans le quotidien de tas de linge sale, de fringues qui sèchent au-dessus de la baignoire, et plus encore d'odeurs de lessive qui lui collent à la peau. Elle aussi veut s'offrir le luxe du parfum.

Elle aurait pu passer sur tout, elle avait toujours passé sur tout avec Djamel, ils avaient fait comme si seul comptait le but, chaque jour gagné à maintenir ce semblant d'ordre et de ménage… Mais pas cette fois-ci. Pas possible de ramener ça à une histoire de fille un peu ridicule, une perte de temps, un truc sans intérêt.

Julia Roberts la comprend, elle en est sûre. « Tu es belle. » Une nouvelle femme. Elle veut juste en profiter, avant qu'il soit trop tard.

Alors elle rebrousse chemin. Elle dépasse le MacDo où elle emmenait Laura petite, le samedi après l'école. Elle sourit aux passants qui ont tous l'air de flâner, aux timides rayons de soleil printanier, aux arbres sans feuilles, aux quelques-uns qui s'activent. Sous le coup de l'émotion, elle allume une cigarette. Elle ne fume pas avant sa pause de 11 heures. Du moins elle essaie. L'excitation la gagne. Elle va rentrer, bien sûr. Mais pas tout de suite. Elle n'a jamais marché comme ça, la tête relevée, bien droite, les épaules redressées, les jambes souples. L'ivresse de se sentir différente, une démarche d'actrice, avec les talons hauts qu'elle a mis ce matin, auxquels elle n'est pas habituée. Elle a l'impression qu'une caméra la suit. Dans sa tête, elle entend une musique, celle de la scène où l'héroïne se décide enfin à faire ce que tous les spectateurs attendent depuis le début du film. Partir.

Prendre le train.

2

Paris-Austerlitz

Devant les voies, se croisent et s'ignorent le flot des banlieusards affairés et les voyageurs des grandes lignes aux lourdes valises. Les trains de banlieue ressemblent à des boîtes de conserve, avec leur carcasse grise, on dirait du fer-blanc, et leurs écussons ridicules qui portent le nom des villes desservies. Elle leur jette un dernier regard puis s'éloigne.

8 h 50. Elle s'arrête devant le panneau indicateur où s'égrènent les destinations, comme autant de vies possibles. Perpignan ? Biarritz ? Irun ? Elle n'y a pas réfléchi. C'est seulement quand elle se retrouve au guichet des départs immédiats, face à l'employé, que l'idée lui vient. Toulouse ! Le visage de sa cousine lui est apparu comme une évidence. La seule qui puisse la comprendre, du moins qui ne la jugera pas. Elle l'a un peu perdue de vue, mais autrefois

elles étaient inséparables, toujours partantes. Tout ce qu'elles ont pu faire ensemble, et les crises de fou rire… Elle se revoit en auto-stop avec elle, au bord de la route. Dès qu'une bagnole apparaissait au loin, bling, le sourire aux lèvres. Et si elle s'arrêtait sur le bas-côté, courir, courir comme des folles. Voilà exactement ça : une envie monstrueuse que ça rigole un peu ! Pour le reste, elle verra. Mais souffler, souffler et profiter.

Elle ralentit devant un kiosque. S'acheter un journal. Se faire un petit plaisir. Elle hésite. Elle vient déjà de dépenser pour son billet. Au guichet, elle avait regretté de ne pas avoir ses chèques-voyages. Les mêmes vieux réflexes… Un bref moment de déprime. À quoi bon une nouvelle vie si c'est pour vivre en soldes ? Soudain la peur de faire une énorme connerie, elle ne trouve pas d'autres mots, la saisit. Ça lui rappelle la fois où, à la fin de son service, elle s'était rendue avec sa collègue chez un client à qui elle avait oublié de faire signer son chèque. Un trou important dans sa caisse. Elle ne savait pas comment elle se débrouillait. Elle qui faisait attention à tout, si minutieuse. Et patatras. Quand ce n'était pas Laura ou Djamel, c'était elle qui foutait tout par terre. Des gaffes. Trop de choses à penser. La tête du type quand elles avaient sonné à sa porte. Deux caissières en uniforme, pas eu le temps de se changer. Il les avait invitées à boire un verre et cela avait débordé sur la soirée. La gueule de Djamel, quand elle était rentrée. Il ne s'intéresse jamais à elle, mais quand il ne sait pas où elle est... Elle n'existe à ses yeux que par ses absences...

9 h. Normalement, elle a déjà récupéré son caisson avec l'argent, rejoint sa caisse, compté son fonds de roulement, réglé son siège. À cette heure, surtout des vieux. Les mères de famille arrivent un peu plus tard. La plupart déposent leur môme à l'école et passent chez une amie prendre un petit café.

Elle remonte le quai à la recherche d'une place. Un visage de femme reflété dans la fenêtre d'une voiture l'arrête. Ses cheveux sont relevés en chignon. Quelques mèches s'échappent librement, retombent avec souplesse le long de ses joues et lui donnent une expression gracieuse, fragile. Sa veste laisse entrevoir une robe rouge au décolleté profond. Elle a l'air jeune, enfin léger, attirant. Elle met quelques secondes à se reconnaître. « Tu es belle. » Elle s'envoie un baiser de la main. « Bon voyage ! »

Elle s'installe dans le premier compartiment vide. Près de la fenêtre.

9 h 05. Dehors des jeunes fument une cigarette avant de monter, leurs sacs à dos en tas contre un pylône. Un homme dit au revoir à sa femme et à son fils.

Elle serait bien descendue aussi en fumer une, mais la crainte que le train parte sans elle la retient à sa place.

Dans son idée, enfin tel qu'elle s'est imaginé les choses en arrivant à Austerlitz, elle aurait dû prendre son train au vol, ne pas avoir le temps de réfléchir. Ces minutes d'attente arrêtent le mouvement, qui, depuis ce matin, l'a propulsée jusqu'ici. Sa lassitude habituelle resurgit. Toujours un peu patraque, l'air contrarié dès que Laura ou Djamel s'approchent d'elle. « Faites doucement. » Méprisable. Un vrai légume… Elle se cale au fond du siège. Elle se masse nerveusement les cuisses. Le rythme de ses mains la berce. Elle ne peut détacher son regard du billet. Toulouse ! Elle n'a même pas pris de retour.

9 h 13. Le train démarre à 9 h 32. Elle ne comprend pas pourquoi les trains ont des horaires aussi bizarres.

Cela fait bien cinq ans qu'elle n'a pas voyagé seule. Oui facile. La dernière fois, c'était pour chercher sa fille en vacances chez sa grand-mère en Bretagne. C'est ça, cinq ans. Laura petite riait tout le temps. Une enfant contente de vivre, qui passait ses journées dans l'eau, tandis qu'elle restait sur le bord, à la surveiller, à attendre qu'elle veuille bien sortir… Est-ce qu'une mère peut abandonner sa fille, comme ça ? Elle efface la vision d'un revers de la main. C'est pas pour les dix minutes par jour qu'elles se croisent, petit-déj et dîner compris, que cela va changer grand-chose. De toute façon, maintenant Laura a sa vie. Elle le lui balance assez à la figure, chaque fois qu'elle se permet de lui demander où elle était.

9 h 16. Dans quatorze minutes, le gnome fera son tour. Il constatera sa caisse fermée. Il montera

voir Josette et lui demandera qui est absent. Ils appelleront. Djamel tombera des nues. Il cherchera à la joindre sur son portable.

Elle le sort de sa poche, le pose sur la tablette. En fond d'écran, il y a une photo d'elle avec sa fille, l'année dernière à La Rochelle.

Elle pourrait l'éteindre. Mais elle a envie malgré tout d'affronter Djamel. Essayer de le convaincre. L'affaire d'un jour ou deux, pour souffler. En fait non, l'entendre gueuler la rassurerait. Le prix à payer, parce qu'on ne peut pas partir ainsi. Elle devine déjà son air moqueur, méprisant même, si elle essaie de lui expliquer qu'elle est à saturation. Tu veux lui dire quoi ? Que tu as tout envoyé bouler juste pour pouvoir te sentir vivante sous le regard des hommes. Parce que tu te crois belle ? Juste goûter un répit. « Tu es belle ! »

Elle ferme les yeux. Un autre souvenir : la fois où elle avait fait l'amour avec deux hommes. C'était bien avant la naissance de Laura, bien avant de connaître Djamel. Les frères Bruneau. Elle sortait avec l'un mais l'autre était mignon aussi. Pas vraiment prévu. Un soir, ils s'étaient retrouvés dans sa chambre et avaient fini dans son lit. Elle avait surtout aimé l'idée, coucher avec les deux sans les tromper.

Bizarres les pensées qui lui viennent depuis ce matin.

L'arrivée d'autres voyageurs dans le comparti- ment l'obligerait à tenir en place.

Elle se figure Laura en tête à tête avec son père, ce soir, perdus devant le frigo. Le même sentiment d'incrédulité sans doute qu'elle en ce moment. Pour un peu, elle lui enverrait un SMS, avec ce qu'elle a prévu à dîner. Une grimace. Si elle n'avait qu'une seule bonne raison, au-delà de tout le reste, ce serait celle-là. Avec Djamel et Laura, il fallait toujours anticiper, ne pas oublier... La bouffe, la bouteille d'eau, le linge de rechange... Elle les connaissait par cœur et savait, avant eux, quand ils auraient faim, quand ils auraient soif, froid ou chaud, quand ils auraient besoin de leur pull, de leur serviette, de leur... Épuisant. L'esprit occupé en permanence, rempli de leur vie, de leurs habitudes. Penser à tout, même quand c'était pas elle qui faisait. Leur dire quoi et comment. Jamais en repos... Elle s'accordait seulement quelques minutes le soir, avant de se coucher, lire dans le lit son magazine ou un roman, et encore, la tête farcie de la liste des choses à faire le lendemain. Laura et Djamel la trouvaient pesante, mais au fond ils n'auraient pu se passer de cet ordre, tant ils dépendaient de son attention et de sa vigilance.

Elle se sent déchargée soudain, légère. C'est ça le plus agréable. Seule, enfin seule, complètement seule.

Un employé de la SNCF, un talkie-walkie à la main, examine le train.

9 h 20. Elle suit le mouvement de la trotteuse. Tout se décompose, des plans arrêtés, ou plutôt absurdement grossis.

Elle se revoit à sept ans, avec sa première paire de lunettes, une large monture rouge qui lui mangeait le visage. Son univers soudain avait cessé d'être flou. Elle avait passé la soirée à examiner les motifs de la toile cirée. Des fleurs. Comme si elles avaient poussé dans la journée. D'une bouillie de verts et de jaunes avaient surgi des tiges onduleuses, des feuilles aux contours dentelés, des pétales rebondis.

Les jeunes ont fini leurs cigarettes et chahutent. Tout s'imprime dans son esprit. L'homme, sur le quai, grimace en direction de la vitre. Elle devine le petit garçon en train de rire. Elle cherche un signe prouvant qu'elle n'est pas la seule en ce moment à accomplir quelque chose d'extraordinaire. À nouveau, un court instant, la tentation de se rattraper, de rentrer au plus vite. Non, on va jouer à un jeu. C'est toi, mais ce n'est pas ta vie. Rappelle-toi quand ton père t'engueulait. C'était une autre qui prenait la raclée, une gamine dont tu jouais le rôle. Tiens, t'as qu'à prendre un autre nom. Valérie, c'est un peu nul pour tout envoyer valser. Le genre série télé des années soixante : Valérie quitte son mari. Valérie se fait la malle… Valoche comme dit Djamel en parlant d'elle à ses potes. Valoche fait ses valoches… Et qu'est-ce que tu dirais de Julia ?… Elle se lève et s'observe dans la glace au-dessus des sièges, arrange une mèche. « Salut, je m'appelle Julia. » Hilare.

Une annonce retentit.

« Mesdames et messieurs, bonjour. Vous avez pris place à bord du train Teoz n° 4763 en direction de Toulouse. Ce train desservira les gares des Aubrais, Vierzon, Châteauroux, La Souterraine, Limoges, Brive, Uzerche, Souillac, Cahors, Montauban et Toulouse. Il partira à 9 h 32. Nous vous rappelons que l'étiquetage de vos bagages est obligatoire. La SNCF, son personnel d'accompagnement et votre chef de bord vous souhaitent un agréable voyage. »

Elle a encore le temps de descendre. Elle ne pourra pas y arriver ! Djamel le répète assez et elle a fini par le croire, contaminée. Une femme seule peut pas s'en sortir.

Elle s'affale, les fesses presque sur le rebord du siège, puis se redresse, appuie l'arrière de son crâne contre le repose-tête. Elle entortille fébrilement son sautoir autour de ses doigts.

Elle aurait dû laisser un mot. On s'en fout ! Est-ce que Julia Roberts laisse un post-it sur le frigo quand elle se barre ?… Elle éclate de rire.

— Excusez-moi, mais vous êtes assise à ma place. J'ai réservé la 54, la 55, la 56 et la 57. On est bien voiture 16 ?

3

CHERCHEUR EN DÉCOLLETÉ

Quatre voyageurs se tiennent debout dans le compartiment. Arrivé en dernier, Vincent ne voit pas la passagère qui bredouille quelques mots en direction de Muriel. Cela le gêne quand sa femme agit ainsi. Il s'imagine dans la même situation, confus de s'être installé sur un siège réservé. Cela ne l'aurait pas dérangé de s'asseoir ailleurs. Muriel l'énerve, il l'envie aussi un peu, de dire les choses avec fermeté et calme. Secrètement, il lui en sait gré. C'est un bénéfice indirect de leur vie de couple, sur lequel il compte sans avoir à y réfléchir.

Muriel et les deux autres s'écartent. Vincent se retrouve nez à nez avec la femme. Ils se reculent, se ravisent et s'avancent en même temps. Ils manquent de se heurter. Il s'excuse, elle ne manifeste aucune réaction. Il n'ose plus bouger. Son regard est accroché par son décolleté sur lequel pend un sautoir. Effrayé à l'idée qu'elle ait pu s'en apercevoir, il relève aussitôt la tête et fixe avec une attention exagérée la racine de ses cheveux.

Il la frôle en voulant s'effacer. Des effluves de parfum flottent sur son passage. Elle se tord la cheville à cause de ses talons. Il tend le bras pour l'aider, elle s'appuie sur le siège et le remercie. Il se trouble tant elle a les yeux qui brillent quand elle sourit.

Les arrivants s'installent. Ils rangent leur sac au-dessus de leurs têtes et occupent les quatre places près de la fenêtre, Muriel et Aude côte à côte, Nicolas avec Vincent. Les femmes se sont toutes mises dans le sens de la marche, remarque Vincent, la passagère est allée s'asseoir près du couloir, dans sa diagonale.

— Mademoiselle !

Muriel interpelle à nouveau la femme.

— Vous avez oublié votre portable.

Vincent le lui tend mais, maladroit, le lâche avant qu'elle ne s'en saisisse. Elle le rattrape au vol, contrariée. Devant son air confus, elle lâche « Pas de mal », et sans attendre sa réponse, se tourne vers la fenêtre. « Désolé », murmure Vincent.

Il ouvre son livre, cherche sa page… Il est déconcentré par la fille qui manie sans cesse son portable. Elle paraît agitée, sans doute elle attend un coup de fil important. Elle l'intrigue. Il y a toujours une petite pointe de vulgarité chez ce genre de femme, la tenue sexy, l'air facile, mais pas chez elle. Elle est juste à la limite. Un chewing-gum mastiqué bruyamment, une façon avachie de se tenir la feraient basculer de l'autre côté. Un équilibre instable mais attachant.

— À quelle heure on arrive ?

— 15 h 48, intervient Nicolas. Quelqu'un de l'université nous attend à la gare pour nous emmener à notre hôtel. Après, quartier libre jusqu'au dîner avec le recteur. Et demain, ouverture des débats à 9 heures.

À la pensée du colloque, Vincent s'assombrit. Il déteste ces grands raouts universitaires. Il aurait voulu être un de ces érudits médiévaux dont il étudie les œuvres, son existence, recluse dans une abbaye, aurait consisté à compiler les textes anciens, à ajouter sa petite touche à la tradition.

Il examine le reflet de la femme dans la vitre. Par moments, elle se tasse dans le fond de son siège, scrute nerveusement le paysage, puis soudain, comme transformée, elle se redresse et montre aux voyageurs un visage chaleureux. Dans ces instants-là, il la trouve belle. Elle n'a pas l'assurance habituelle des jolies filles, qui, même sans daigner jeter un regard, savent qu'on les dévisage. Il a noté les ongles vernis, le contour des yeux dessiné, les lèvres au rouge brillant, la blondeur étudiée de ses cheveux, toute la panoplie de celle qui cherche à attirer l'attention des hommes. Pourtant il y a quelque chose de simple en elle, d'infiniment simple. Il est évident que ses rondeurs, l'éclat de son teint et la naissance de ses seins que laisse entrevoir sa robe, la rendent séduisante, mais elle semble l'ignorer ou plutôt n'en pas tenir compte, aussi naturel que d'être en bonne santé ou d'avoir un heureux tempérament.

Voyager ressemble pour Vincent à l'épreuve des habits neufs. Il se sent à la fois mal à l'aise et content. Il ne sait comment se mettre, un peu inquiet de se trouver dans un endroit, ou d'aller vers un lieu, qu'il ne connaît pas et, en même temps, il profite de ce moment fugitif où rien n'a vraiment d'existence. Avec un peu de chance, l'observation de cette fille occupera son trajet et il imaginera toutes sortes d'histoires, égrenées jusqu'à l'arrivée – et aussitôt oubliées.

Il se plaît à croire à ses incartades imaginaires – il n'a jamais trompé Muriel –, une manière d'entretenir une distance nécessaire avec la réalité.

Nicolas a jeté à la femme un de ses sourires enjôleurs qui leur plaisent tant. C'est un vrai séducteur. Sa façon de vous donner l'impression qu'il vous a choisi, son air moqueur et complice aussi désarment les plus rétifs. Vincent aime le voir faire, à l'aise dans n'importe quelle circonstance, avec la suffisance nonchalante d'un grand prédateur. L'image le fait sourire et lui rappelle un passage sur la chasse au glaive, comme les bestiaires du Moyen Âge appellent l'espadon. Le glaive est la terreur des navires, qu'il éperonne avec son nez en forme d'épée. Le seul moyen de le tuer, selon ces ouvrages, consiste à installer un grand miroir à la poupe. Quand le glaive arrive, il ne peut s'empêcher d'admirer le reflet mordoré de ses écailles. Absorbé dans sa propre contemplation, il oublie aussitôt sa rage, arrête de s'avancer vers la coque du bateau et offre ses flancs aux marins qui, cachés derrière le miroir, l'abattent avec leurs harpons. En observant Nicolas qui coule à nouveau un regard en direction de la passagère, une vision lui vient à l'esprit. Au cours du colloque, son ami est attaqué de toutes parts. Démonté par tant d'hostilité, il se tait, avale de longues gorgées d'eau. Alors Vincent se lève et réfute d'un ton énergique les arguments des contradicteurs. Plus il y pense plus la scène prend corps, il est maintenant seul face au dernier des opposants, le plus farouche, l'oblige à quitter la salle sous la risée des participants, puis, se tournant vers l'estrade, il fait applaudir Nicolas qui lui adresse un clin d'œil admiratif.

Les yeux de Vincent ne peuvent se détacher du reflet de la fille. Sans doute à cause de son décolleté. Il n'a jamais compris pourquoi les femmes n'en portent pas plus. Il pourrait passer des heures à les contempler. Rien de scabreux. Non juste une émotion qu'il ne peut contenir. Ce pourrait être son prochain sujet d'étude. « Bonjour, je suis chercheur en décolleté. Auriez-vous quelques minutes à m'accorder pour répondre à un petit questionnaire ? J'analyse la mise en forme spécifique de chacun, je m'intéresse à la ligne découverte ou non des seins, à la dentelle du balconnet ou de la bretelle qui dépasse, à la matière, à la forme que possède votre soutien-gorge. Jusqu'où vous décidez de laisser entrevoir votre gorge, qu'est-ce que cela vous fait quand vous sentez le regard d'un homme posé sur votre décolleté ? »

Elle lui sourit. Il pique un fard comme si elle avait découvert ses pensées.

Il se voit avec elle, dans un café, à discuter autour d'un verre, des choses drôles, elle a un rire très doux. Lui qui a toujours été timide, lui parle, les yeux rivés sur la table, puis ils sortent dans la rue, dans l'air flotte quelque chose de romantique, elle l'écoute avec beaucoup d'intérêt, il lui dit qu'il est écrivain ? journaliste ? non écrivain, il lui promet de lui offrir son dernier roman, elle est si contente qu'elle pose sa main sur son bras, il sent brièvement son corps, nerveux et…

Une vieille dame en nage ouvre la porte du couloir. Elle examine plusieurs fois son billet avant de se planter devant une place libre. Aussitôt Vincent se lève pour l'aider à ranger sa valise. Nicolas lui indique où la poser. Elle pèse très lourd. Il s'étonne de tout ce que les vieux peuvent transporter. On dirait que plus on avance en âge, plus on trimbale de choses.

4

VOITURE 16, PLACE 54

C'étaient des hommes bien serviables. Ils lui avaient monté sa valise sans qu'elle ait eu à les solliciter. Elle était tranquille jusqu'à Gourdon. Il lui suffirait de se lever, de faire mine d'attraper la poignée et ils se précipiteraient pour l'aider.

Colette se remettait doucement de ses émotions. Elle avait failli rater le départ, bien qu'elle soit arrivée une demi-heure à l'avance. Elle avait composté le billet acheté depuis plus de deux mois et, ne voulant pas sortir ses lunettes de son sac, elle avait demandé à un homme où se trouvait la voiture 16 dans laquelle elle avait réservé la place 54. Ce dernier, malgré son ton affirmatif, s'était trompé et l'avait envoyée sur le quai d'à côté. Il n'y avait encore personne dans le compartiment, du coup elle avait glissé sa valise sous ses jambes. Quelqu'un avait fini par entrer et voulu la déloger. En comparant leurs billets, elle s'était rendu compte qu'elle était dans le Corail pour Clermont. Elle n'avait pas paniqué. Ce n'était pas son genre. Mais elle avait dû remonter toute la voiture à contre-courant, bousculant les voyageurs avec sa valise, en un effort qui l'avait épuisée.

C'était tous les ans un peu plus compliqué. Elle se levait un matin, se découvrait une nouvelle faiblesse et devait se résoudre à un nouveau renoncement. Le plus souvent, il s'agissait de petites choses, telles que les couvercles et les bouchons qu'elle ne dévissait plus, faute de poigne, ou bien les courses qu'elle n'arrivait plus à porter, par manque de force. C'était comme si elle refaisait le chemin à l'envers. Il y avait un temps, pas si lointain, en tout cas elle s'en souvenait bien, où elle s'étonnait de toutes les ressources de son corps. Alors elle s'émerveillait d'arriver aussi facilement à se débrouiller seule, sans homme.

« Mesdames et messieurs, bonjour… desservira les gares des Aubrais… La Souterraine…, Souillac… et Toulouse. Les passagers qui n'auraient pas… au contrôleur… sans attendre son passage… »

Elle jette un œil dehors et remarque qu'elle est assise dans le sens contraire de la marche. Elle sort un petit papier, sur lequel elle a écrit le programme de sa journée. Essayer de prévoir tout et tout noter, voilà à quoi se passait désormais son existence. C'était sans doute pour cela que les vieux avaient souvent l'air repliés sur eux. Pourtant dans sa tête, elle avait toujours vingt-cinq ans. Elle raye ce qui a déjà été fait.

« Le contrôleur tient à préciser… sans billet valable… présenteront spontanément à lui, … "tarif de bord"… »

Surpris par l'annonce, les passagers échangent des regards interrogatifs et amusés.

« … incluant une participation minime aux frais d'établissement du titre de transport. »

— Voilà un contrôleur zélé ! s'exclame Nicolas.

Ce premier contact incite Colette à s'enhardir. Elle demande sa destination à Julia.

— C'est à cause de ma valise…

La jeune femme ne semble pas avoir entendu la question. Elle n'a même pas détourné les yeux de la fenêtre. Le corps penché en avant contre la vitre, elle contemple fixement le quai et rien ne paraît pouvoir l'en distraire.

— Ne vous inquiétez pas, madame. Nous allons jusqu'à Toulouse. On s'en occupera, assure Nicolas.

Elle le remercie du regard.

— Je m'arrête à Gourdon. Vous savez quand on est vieux, la moindre chose devient compliquée, dit-elle en s'adressant à nouveau à Julia.

Elle se détestait quand elle commençait à entonner le couplet de la vieillesse.

— Enfin ce n'est pas pour ça qu'on ne doit plus rien faire, se reprend-elle aussitôt.

Elle se penche vers elle et lui glisse, assez fort pour que les autres entendent, qu'elle aura soixante-quinze ans à la fin de l'année…

Julia lui décoche un vague signe de la tête. La vieille dame, loin d'être rebutée par un tel accueil, se présente :

— Je m'appelle Colette, et vous ?

— Julia, répond-elle en devinant par cette entrée en matière que l'autre va lui mettre le grappin dessus.

Colette lui explique qu'elle passe six mois de l'année à Gourdon et l'autre moitié de l'année à Paris, dans un studio, parce que les hivers sont trop froids dans le Lot. Elle s'arrête, puis s'approche de Julia et, sur le ton de la confidence :

— Entre femmes, je peux bien vous le dire… Je vais rejoindre mon amoureux…

Elle aimait bien ce terme qui lui rappelait sa jeunesse plutôt que le mot sinistre d'ami qui sonnait tel un accompagnement de fin de vie.

— Je ne me suis jamais mariée, continue Colette. Les hommes à demeure…

Elle fait un geste de la main qui signifie que ce n'est pas un cadeau.

Julia rit. La franchise de Colette a raison de la distance méfiante qu'elle a jusqu'alors voulu conserver, comme à sa caisse quand elle veut éconduire les petites vieilles venant la saouler avec leurs histoires. Elle croise le regard de Vincent qui esquisse à son tour un sourire, troublé par cette éphémère complicité.

— Que voilà une saine philosophie ! intervient Nicolas.

Il adore se mêler des conversations. Sa femme, Aude, se sent gênée chaque fois qu'il discute avec des inconnus, mais lui prétend que les écouter « raconter leur life » ainsi que disent ses étudiants, est une façon de rester connecté avec les « vrais gens ».

Colette décèle dans sa voix un brin de moquerie. Elle lui réplique sur un ton tranquille, presque sans intonation, juste une femme qui ne voulait pas qu'on la prenne pour sa bonne, comme elle expliquerait le principe de la multiplication.

— Vous êtes un peu anarchiste ? relance Nicolas.

— Vous n'êtes pas d'accord ? demande Colette, se tournant vers la jeune femme.

— Oh si alors ! répond Julia.

Un silence. Elle pense à Djamel. La seule chose dont il s'occupe, ce sont les courses. Il peut passer des heures sur les marchés, à la recherche d'une bonne occase, à marchander et tenter de se mettre en cheville avec des vendeurs… Il lui rapporte des kilos de viandes, qu'ils entassent dans le congélateur. Des morceaux bizarres qu'elle ne sait même pas comment cuisiner…

« Le train Teoz n°4 763... va partir... fermeture automatique... »

Heureusement que Colette avait pensé à conserver son déjeuner dans son sac. Sinon elle aurait été obligée de déranger l'un des deux hommes si serviables.

5

Immortelle comme l'éclair

Le signal retentit. On entend le bruit des portes qui se ferment et le train qui démarre.

Julia se lève brutalement et rejoint le couloir pour regarder par la fenêtre.

Les publicités, les pylônes et les autres trains s'éloignent, lentement puis de plus en plus vite. S'effacent. Et le toit au-dessus des voies. La banlieue à son tour défile. Gares aux quais remplis de voyageurs. Panneaux indiquant le nom de la station, illisibles.

Elle n'en revient pas ! Elle l'a fait !

Et aussi des barres blafardes aux balcons sales, des talus empierrés recouverts de tags, des pavillons aux jardinets riquiqui, des files de voitures arrêtées au feu et encore d'autres tags, un peu partout, sur les wagons, les murs, les devantures, les camions, qui donnent à tout ça un air de chiottes de bistrot.

Tu l'as fait !

Le même décor repasse, barres, gares, pavillons, tags, jusqu'à se mélanger, univers de gris aux mille nuances, déchiré par de grandes taches de vert, des morceaux de forêts, de parcs, quelques champs et encore des gares, des barres, presque plus, des villages maintenant.

« Immortelle comme l'éclair. » Laura, en CM1 ? ou CM2 ?, ânonnait d'une petite voix monocorde sa récitation. Elle n'avait pas su lui expliquer. « La poésie tu sais… » Elle ignore pourquoi ce vers lui revient, mais c'est exactement ce qu'elle ressent. Immortelle comme l'éclair ! Elle a oublié le nom de l'auteur. « Quand on commence à être ému par de la poésie, c'est qu'on est pas dans son état normal », diagnostiquerait sûrement Martine. Elle pourrait l'appeler. « Devine où je suis ? » Mais elle préfère que ce soit elle qui téléphone, qu'elle en reste sans voix…

Son portable sonne dans sa main. Elle manque le laisser tomber. Le nom de Djamel s'affiche sur l'écran. Déjà ! Elle avait beau s'y attendre, une brève angoisse l'envahit. Il rappellera.

Presque aussitôt, ses muscles se relâchent. Un grand soupir s'échappe de sa poitrine. La peur, enfin l'incertitude, a laissé place à un sentiment de délivrance. La question lui apparaît sous un jour nouveau. Non plus flotter entre deux réalités, l'abandon de sa caisse et sa présence dans ce train. Elle a probablement perdu son boulot. D'ici une heure, le gnome l'aura rayée de la liste du personnel. Déjà pour un arrêt maladie, il pique une crise, alors pour une absence non justifiée... Affaire classée.

Passer à l'étape suivante. Retrouver sa cousine à Toulouse !

Elle a, rangée dans son portefeuille, à côté des portraits de Laura, depuis la maternelle jusqu'au collège, une photo d'elles à Bangkok, leur seul grand voyage. Comme un talisman. Avec le temps, s'étaient figés en une sorte de parenthèse idyllique quelques souvenirs, Julia qui s'était cassé le coccyx en tombant de la Vespa en Italie, la tente envahie par les inondations à Saint-Tropez, les copains échangés, et leurs tenues excentriques – elle n'arrivait pas à croire qu'elles avaient osé porter ces shorts en jean, ces mules à talons, ces petites robes aux couleurs criardes. Une insouciance dont à l'époque elle n'avait même pas conscience. Elle n'aurait jamais dû renoncer à cela.

Une brève bouffée de colère. La faute à Djamel. Les conneries, les cuites aussi, ce n'était pas ça le plus grave. Cela faisait même partie d'un jeu. Un homme, c'est un poids que tu portes, dans la vie comme dans le lit, et toute ta fierté même consiste à réussir. Pas plus mauvais qu'un autre. Mais, peu à peu, il l'avait étouffée, coupée des autres, coupée du monde, coupée de la vie. En vacances dans le Lauragais, ils étaient descendus voir sa cousine. Un petit détour. Elle avait dû insister, Djamel n'aimait pas sa famille, ni qu'elle la voie. Ils avaient débarqué en fin d'après-midi. La cousine avait déménagé. Julia avait demandé aux voisins, il faisait la gueule, ne voulait pas déranger des gens qu'ils ne connaissaient pas. Les voisins leur avaient offert à boire, le temps de retrouver son téléphone. Il avait refusé. Elle, au contraire, riait avec eux, racontait des bêtises. Ils l'avaient finalement jointe mais la cousine et son mari mangeaient chez des amis, qui les avaient aussitôt invités. Dans sa mémoire, cette ville dont elle gardait une impression de table ouverte, d'amitiés légères, se confondait avec ses années de jeunesse. Djamel avait détesté. Elle le connaissait. Il s'était montré très affable, mais elle savait qu'en dedans, il les maudissait de leur hospitalité et plus encore de leur être redevable. Djamel croyait toujours que les autres allaient s'immiscer dans leur vie, profiter d'eux. Sur ses gardes tout le temps. Si par malheur ils te donnent un truc, tu donnes plus, encore plus, leur faire passer toute envie de lier amitié, par la surenchère. Il avait fini par faire le vide autour d'eux. Tous les trois contre les autres.

Julia rentre dans le compartiment. Tous lèvent la tête, sauf Vincent, qui semble plongé dans ses pensées. Elle s'aperçoit, en s'asseyant, qu'il la fixe dans la vitre.

Les deux hommes se sont installés en face, dans la diagonale et elle croise leurs regards dès qu'elle observe le paysage par la fenêtre. Leurs femmes sont de son côté. Celle qui l'a chassée de sa place est cachée par l'autre.

Son genou heurte celui de Colette, assise en face d'elle.

— Y'a pas de mal.

Le portable vibre à nouveau. Djamel. Il doit commencer à s'énerver. Il faudrait se décider à lui répondre. Pour l'instant elle est dans le train. Elle n'en revient toujours pas. Elle a acheté un billet et elle est partie. Pas plus compliqué que ça. Il suffit de remplacer les gestes habituels par d'autres, aussi simples, qui, mis bout à bout, changent tout. Et se laisser convaincre que c'est inexorable.

Elle sent que son voisin a toujours les yeux sur elle.

Instinctivement, elle porte sa main à sa gorge, cherche à cacher l'échancrure de sa robe. Le contact de sa peau la trouble. D'habitude, elle porte des tee-shirts ou des pulls qui lui arrivent au cou. Elle pense que son décolleté a trop glissé. Elle voudrait le remonter discrètement. Comme dans un mauvais rêve : elle en soutien-gorge parmi les passagers. Elle rabat les pans de sa veste. Quand une femme fait ça, c'est que l'homme est trop insistant. Elle a peur que Nicolas comprenne ses pensées. Il lui sourit. Elle tourne la tête.

Depuis des années, transparente, enfin si l'on peut dire avec ses soixante-huit kilos, retranchée du monde plutôt. La propriété de Djamel. Plus elle prenait du poids, plus il semblait s'en satisfaire.

Une façon de la retirer de la circulation. Elle avait fini par s'y faire. Une seconde nature, une protection, comme un manteau bien chaud.

Elle s'efforçait de ne pas y penser ou se foutait d'elle-même pour prévenir la dureté des autres. Leurs moqueries, comme l'autre jour, quand un type, un appareil photo collé au visage, l'avait questionnée tout en la mitraillant : « Pourquoi vous êtes venue ? » Elle avait bredouillé : « C'est mes copines qui… » « Un cadeau d'anniversaire ! Formidable ! Vous faites quoi dans la vie ? » « Caissière » « Super ! Tournez-vous ! » Elle avait deviné les rires gras des machinos.

Le souvenir la fait grimacer.

Elle aurait dû se douter qu'elles voudraient marquer le coup. « Quarante ans quand même ! Ça se fête ! », qu'elles lui répétaient. Toute jeunette, quand elle faisait de l'intérim comme dactylo, des collègues plus âgées lui avaient dit en regardant sa longue chevelure « Comment tu vas faire quand tu auras quarante ans ? » Et comme elle ne comprenait pas, elles lui avaient expliqué : « Ben oui, il faudra te les couper… » Dans leur esprit à quarante ans, on se rangeait, on devenait une femme respectable, fini les cheveux longs… À ce compte-là, ça faisait au moins dix ans qu'elle les avait ses quarante ans. Au début, elle avait pensé que ses copines répétaient mécaniquement ce qu'elles lisaient dans les magazines. « Comment bien vivre ses quarante ans »… Une date dans la vie d'une femme. Mais elle s'était vite aperçue qu'elles le pensaient sincèrement. Elle se sentait renvoyée à ce qu'elle était devenue, une femme sans âge. Il y avait quelque chose de gênant, d'un peu indiscret à ce que toutes l'interrogent, l'examinent. Être au centre. Habituellement, un gâteau, des bougies... Elle suggérait un cadeau à Djamel pour éviter un bijou de pacotille qu'il trouvait au marché... Et puis basta. Ils fêtaient seulement les anniversaires de Laura.

Elle se fait la liste de tous les petits plaisirs qu'elle s'accordera à Toulouse : manger des glaces en marchant dans la rue, traîner à la terrasse des cafés, aller au cinéma toute seule. Elle avait cessé d'y aller le jour où Laura n'avait plus voulu qu'elle l'accompagne... Est-ce que c'est ça, quitter son mari et sa fille ? Est-ce qu'on s'en va pour de si petites choses dont on a été privé des années ?

Elle s'amuse de la façon dont les deux types se comportent.

Le premier lui jette des coups d'œil furtifs. Il fait semblant de scruter quelque chose dans le couloir, et s'arrête sur elle juste quelques secondes durant lesquelles il la dévisage comme s'il voulait graver ses traits dans sa mémoire. Souvent il observe son image qui se réfléchit dans la fenêtre. Elle l'a surpris en train de se livrer à ce manège. Il a l'air absorbé dans une rêverie, mais elle jurerait qu'il n'en est rien.

L'autre au contraire l'examine régulièrement. Il a les yeux rieurs. Lorsqu'il la fixe à nouveau, elle soutient son regard quelques secondes. « Bonjour, je m'appelle Julia », pense-t-elle. Elle cherche à imiter le sourire timide qu'a Julia dans *Coup de foudre à Notting Hill*, quand elle entre dans la librairie tenue par Hugh Grant et qu'elle le voit pour la première fois. Il lui propose de l'aider. Elle a ce sourire gêné qui la rend si craquante et donne envie de la serrer dans ses bras. Enfin, si elle était un homme, c'est ce qu'elle ferait. Elle détourne la tête stupéfaite par ce qui lui traverse l'esprit. Il lui semble que maintenant que les dés sont jetés, tout devient plus facile, même de revenir en arrière.

Comme Julia Roberts dans *Erin Brockovich,* en pauvre fille à l'assaut d'une multinationale. Go ! Go ! Go ! Pas une chance sur un million que ce matin elle se retrouve là.

Regarde, Djamel ! Je suis seule ! Toute seule ! Et je m'en sors très bien !

Qu'est-ce que tu vas faire maintenant ? Exister ! Mais encore ? Chaque chose en son temps.

6

LE SHÉRIF

Comme à chaque fois qu'il se regardera dans la glace de son compartiment, tout maigre dans sa veste aux épaules tombantes, une bouffée de tristesse l'envahira. Il se consolera en remarquant que la casquette, qui a remplacé le képi, cache sa calvitie et la mèche, seule sur le dessus du front, qu'il ne sait comment coiffer.

Malgré son uniforme mal taillé, il aime profondément faire la ligne qui le conduit trois fois par semaine de Paris-Austerlitz à Toulouse-Matabiau et retour. Et plus encore, il se réjouit à l'avance de voir son nom sur le tableau du réfectoire, à côté des autres contrôleurs qui ont décidé de manger sur place. Il ne raterait pour rien au monde ces repas partagés avec ses collègues. Il achète toujours trop afin de pouvoir donner. Il est connu pour ça et l'argent qu'il prête aux cheminots dans le besoin, mais surtout pour oublier de le leur réclamer.

Ce soir encore, il ressentira la même émotion quand il arrivera au foyer. Il s'arrêtera dans le hall, devant les panneaux réservés aux syndicats, pour voir s'il y a de nouvelles affiches. À Toulouse, celles des anarchistes de la CNT lui plaisent particulièrement par la chaleur de leur ton. Il marquera un petit temps, en entrant dans sa chambre, à la vue de son placard en formica, de sa table où trône un cendrier bien qu'il ait arrêté de fumer depuis dix ans, et de la couverture récupérée d'un train-couchette. Alors il se changera, prendra une douche dans la salle de bains collective, sur le palier, dormira une heure ou deux, avant de descendre au réfectoire.

Comme à chaque fois aussi, il réajustera sa cravate violette signée Christian Lacroix, dont il trouve qu'elle lui donne l'air d'un garçon de piste, et pestera contre la manie de la SNCF de faire dessiner ses uniformes par de grands couturiers.

Il se calmera en récitant quelques passages du code des transports. Il y a quelque chose de profondément rassurant à penser qu'il existe, le temps du trajet, un ordre sans faille, où tout ce qui peut survenir, y compris les cas les plus improbables, paraît avoir été anticipé. Touché par la grâce de cette litanie réglementaire, il cesse de bafouiller et de bégayer lorsqu'il en déclame des passages durant ses annonces au micro. Sur la ligne, tous connaissent sa science du règlement et son zèle à l'appliquer. Des anecdotes nombreuses circulent à ce sujet. Une en particulier l'a rendu célèbre auprès de ses collègues qui l'ont surnommé le Shérif, parce qu'un jour, vers Limoges, il a fait payer un billet pour son rat à un jeune punk stupéfait.

Il caressera machinalement sa boucle d'oreille, son défi à l'ordre. Il rira en songeant qu'il est un peu vieux, mais il la portera jusqu'à sa mort.

Puis, il examinera en détail le contenu de sa sacoche avec le même émerveillement qu'au premier jour, quand, lâché seul sur une grande ligne, il avait découvert tous ses trésors. Ses tarifs, des pages entières de colonnes où chaque montant correspond à une distance et aux cartes donnant droit à des réductions ; son carnet de titres de transport et celui de procès-verbaux ; sa pince de contrôle ; ses deux stylos, un de rechange au cas où…, il n'a pas oublié la fois où un homme d'affaires au sourire glacial lui avait prêté son Mont-Blanc pour rédiger son amende. Sa clef monocoup afin de donner le signal de départ, deux coups brefs sur la gauche qui font retentir la cloche dans la cabine du conducteur ; son sifflet pour avertir de la fermeture des portes ; sa carré qui ouvre les toilettes quand les types de la maintenance les ont laissées fermées. Seul maître à bord, voilà ce qu'il aime par-dessus tout. « Si tu as un problème, tu arrêtes le train le temps qu'il faut », avait dit son formateur. Sa ceinture jaune fluo pour le cas où il devrait descendre sur la voie, dans son emballage d'origine – la ligne est sans histoire –, avec les initiales EIS, pour Équipement individuel de sécurité. Il est fasciné par le vocabulaire ferroviaire qui a donné un nom, un code au moindre objet. Son fond de caisse pour rendre la monnaie et enfin sa trousse de premiers soins à deux compartiments, l'un pour les voyageurs, l'autre pour s'il se blesse.

Puis il remettra tout dans sa sacoche, exactement dans le même ordre.

En sortant de son compartiment, il verra à sa montre qu'il a le temps. Le premier arrêt, aux Aubrais, n'est prévu que dans quarante minutes. Alors il pensera aux resquilleurs. Il a un véritable sixième sens pour les débusquer.

Il ne regardera pas les voyageurs dans les yeux, du moins pas au début, mais commencera par les mains qui lui tendent le billet. Il en a tellement vu qu'il pourrait écrire un livre sur leur langage. Mains lisses et délicates qui ne trahissent pas forcément des individus aisés, mais plus sûrement des personnes ayant travaillé dans un bureau. Mains veinées ou sèches, aux doigts allongés, avec une bague, discrète et élégante, qui signalent les assistantes tandis que celles, tavelées ou flasques, grasses le plus souvent, avec des bijoux anciens, appartiennent aux bourgeoises. Fuselées et impérieuses, mains d'hommes d'affaires, de costumes-cravates ; lasses et larges, mains de voyageurs sans rêves ni avenir ; maigres et nerveuses, mains d'inquiets qui restent en suspens, prêtes à se défendre ; charmantes et fines, mains distribuées comme une carte de visite ; mains fluettes aux tendons comme des branches de parapluie des timides… Parfois d'autres détails sont à prendre en compte. Les épaisses peuvent révéler aussi bien l'assurance rogue de petits entrepreneurs ou d'agents immobiliers, que le manque de soin, suggérant le corps malade – Germinal n'ose remonter jusqu'au visage du propriétaire quand il en croise une. Il se repère alors aux phalanges : effacées, comme noyées dans la graisse, c'est l'habitude des bons repas des notables ; déformées, de vrais ceps de vigne, les souffreteux au souffle court. Il y a aussi l'existence bien rangée des ongles coupés ras. Si les bords sont taillés au carré, il s'agit, presque à coup sûr, de gens de droite, présentant leur titre de transport sans un regard. Les articulations noueuses dénotent les travailleurs dehors quel que soit le temps. Parfois la base des doigts est si gonflée que leurs extrémités s'écartent les unes des autres, comme les racines d'une plante. Les pires sont celles des chômeurs, la peau jaunâtre, ce sont toujours les mains qu'on abandonne en premier au désespoir.

Ce sont rarement les riches qui resquillent. Parfois, ils ont oublié ou n'ont pas eu le temps avant de monter. Alors il se fait un malin plaisir d'appliquer le règlement. « Vous auriez dû venir me voir… » Il se régale de leur mine déconfite, de leur énervement. Il devine dans leurs yeux la haine du petit fonctionnaire. Et les fils de bonne famille. La même désinvolture que les parents, un air arrogant qu'il se charge de briser. Désarçonnés par son ton sec, certains pleurnichent. Et s'il arrive que l'un d'eux se risque à une remarque, il prend son air le plus placide, celui du type borné qui a le code des transports pour lui.

Mais le plus fréquent, c'est quand même les jeunes paumés qui ont tenté le coup. Il ne supporte plus leurs explications geignardes, toujours les mêmes, le frère ou la sœur, avec les billets, a raté le train, ils l'ont laissé dans la poche du manteau qu'ils portaient hier, leur mère est mourante et ils doivent la rejoindre de toute urgence…

Il effectuera un premier passage, tête-queue. Il ira saluer Singh, à son bar, voiture 4, et déposera sa gamelle pour qu'il la lui réchauffe à midi. Solidarité entre roulants, même s'il ne comprend pas toujours ce que l'autre lui dit.

Il s'arrêtera au wagon où sont entreposées les marchandises qu'il devra transmettre aux agents à chaque arrêt. Il vérifiera que les gars de la manutention les ont bien classées en fonction de leur destination, notera le nom des gares et le nombre de colis.

Puis il pressera le pas, se donnera l'air occupé, pour ne pas entendre les appels des voyageurs, et ne pas avoir à trancher tout de suite. Ce n'est qu'une fois arrivé à la dernière voiture, la 22, qu'il saura si le voyage sera facile ou compliqué.

Alors il tirera sur sa boucle d'oreille pour se donner du courage et se préparera à entrer dans la danse.

7

Une blonde

Elle ne portait pas d'alliance. Colette l'avait remarqué tout de suite. À peine assise en face d'elle, elle l'avait épiée longuement. L'un des rares avantages de la vieillesse était qu'on pouvait se permettre d'observer les gens sans qu'ils en prennent ombrage.

Il y avait quelque chose d'étrange en elle, une fraîcheur toute neuve à un âge où d'habitude, les premières rides, et plus encore une certaine fatigue, apparaissaient. Colette se souvenait de cette époque, la quarantaine. Chaque matin, elle s'examinait devant la glace avec une précision impitoyable. Elle observait le bas des joues qui s'affaissait, le bord des lèvres qui se fissurait. Tout cela annonçait une fin de partie, visible à de petits signes remarquables pour elle seule, un léger abaissement des épaules, un sourire qui laissait sur ses traits une empreinte de lassitude.

La femme en face d'elle semblait avoir été épargnée par cette lente usure. Plus exactement, Colette aurait dit qu'elle venait d'en être délestée.

— Vous êtes en vacances ?

— Oui…

— Toute seule ?

— En fait c'était pas prévu…

Ça, c'est certain, une vraie surprise, ce cadeau… Elle mettrait sa main à couper que ça venait de Martine, parfois elle avait des idées un peu *strange*. Sur la porte du hall d'entrée, il était écrit : « Prenez un nouveau départ »… et Martine et les autres avaient ri devant son air inquiet.

Généralement, Julia se confie à ses copines, autour d'un petit café. Mais elle trouve que Colette ressemble à sa grand-mère. Elles passaient le mercredi après-midi au bistrot, où la vieille dame avait ses habitudes, à siroter une limonade et un verre de blanc.

— C'est à cause d'une séance de relooking…, murmure Julia. C'est de l'anglais, poursuit-elle d'une voix plus forte. Ça veut dire qu'on change de look.

Et comme Colette lui jette un regard étonné.

— … D'aspect, de style. On va voir une femme dont c'est le métier et elle vous dit ce que vous devez faire pour mieux vous arranger…

— J'ai lu quelque chose là-dessus, s'en mêle Nicolas. Il paraît que cela donne des résultats « tip-top », comme disent mes étudiants.

Aude lui lance un regard tendrement admiratif. Elle aime la façon qu'a Nicolas, d'être au courant de tout, même des choses qui paraissent les plus éloignées de ses préoccupations. « Un chercheur doit savoir lever le nez de ses archives pour sentir le parfum de son époque », répète-t-il souvent.

— Mais cette relookeuse, elle décide selon ses goûts, ou bien elle applique une méthode ? interroge Nicolas.

— Ça s'appelle une conseillère en image, corrige Julia, agacée qu'il prenne part à sa conversation.

Une femme, très fardée, la cinquantaine entretenue, l'avait examinée. « Souriez... Tenez-vous droite... » « C'est Carola, lui avait glissé Martine, tu sais celle de “Prenez un nouveau départ”, dans *Direct féminin.* »

— C'est un genre d'esthéticienne, dit-elle en s'adressant à Colette, sauf que là, elle vous conseille pour tout, la coiffure, le maquillage, les bijoux, les vêtements que vous devez porter pour être plus féminine...

Un jeune gars tout mince, homo, elle avait pensé, tellement il faisait des manières, l'avait installée dans un fauteuil. « Mon Dieu ! Vous avez le cheveu terne ! » Ciseaux, papillotes en alu, crèmes, des mains tiraient, soulevaient, s'agitaient. Dans la glace, elle avait vu des filles, jeunes, jolies, attentives à la transformation. Elle n'avait pas entendu leurs commentaires, le souffle du sèche-cheveux dans les oreilles. « C'est bon ? » avait demandé la scripte, passant la tête par la porte. « J'ai presque fini », avait tempêté le coiffeur, lancé dans un défi dont lui seul connaissait l'issue. Soudain, il avait arraché la serviette des épaules. « Parfait ! » Elles avaient applaudi l'artiste qui avait fait la révérence en riant.

— Plus féminine ? interroge Colette.

— Enfin, c'est aussi pour se sentir mieux dans sa peau. Vous m'auriez vue avant...

Elle fouille dans son sac, sort son portefeuille et tend à Colette une photo de ses dernières vacances.

— Vous portiez des lunettes ? remarque la vieille dame.

— Oui. Mais Carola, enfin la conseillère en image, m'a suggéré d'oser les lentilles.

« Chérie. Tu as de très beaux yeux noisette. Mets-les en valeur, offre-les aux autres... »

Nicolas avance la main pour la voir. Vincent envie son aplomb.

Une scripte l'avait emmenée. « Au maquillage. » En même temps qu'elle lui appliquait ses produits, une jeunette, vingt-cinq ans à peine, les cheveux presque rasés et des cils très longs qui lui donnaient l'air halluciné, expliquait tout ce qu'elle faisait « pour l'article ». « Ça va passer dans le journal ? » Elles l'avaient fixée comme si elle était une demeurée. Puis direction l'atelier du look où l'attendait Carola. « Ah ! Mes chéris vous êtes formidables ! avait-elle crié à la cantonade. Vous avez fait un boulot merveilleux. » Elle n'osait plus bouger, l'impression d'être un sapin de Noël.

— Pour moi par exemple, elle a décidé que j'étais blonde. Alors que ma vraie couleur, c'est châtain foncé. Elle m'a examinée à peine cinq secondes et elle m'a dit que j'avais un visage de blonde, des attitudes de blonde…

La photo circule de main en main sans que Julia ait pu l'empêcher. Vincent essaie de deviner la vie de cette femme à travers les maigres détails, une façade de mobile-home, un tee-shirt publicitaire très large, un bermuda qui la serre, des tongs roses, de grosses lunettes, et l'homme à côté, hirsute, le sourire contraint, toutes les parties visibles de son corps, épaules, bras, cuisses, laissent une sensation de force brute.

Il observe Julia. Elle croit qu'il fait comme les autres, qu'il la compare avec celle d'avant, mais il cherche à cerner ce qui lui plaît en elle. Sa façon de regarder avec l'air de découvrir le monde ? Les petits plis sous les yeux quand elle sourit ? Sa nuque plutôt, forte et fragile à la fois, avec un grain de beauté en dessous de l'oreille.

— En tout cas, le résultat est impressionnant, commente Colette.

Julia ne sait pas comment elle doit le prendre.

Quand elle était revenue sur le plateau du photographe pour qu'il immortalise la transformation, les machinos l'avaient regardée avec respect. L'un d'eux lui avait tendu son manteau comme si elle était une star. Elle était aussi intimidée qu'eux. Elle n'avait pas l'habitude que les hommes la dévisagent ainsi.

— Je suppose que question vêtements, c'est toujours décolleté et talons hauts ? lâche Muriel.

Vincent tressaille. Il connaît trop bien ce ton qui trahit une exaspération grandissante et s'accompagne habituellement de l'apparition d'une ride sur le front.

— Pas forcément, répond Julia, soudain sur ses gardes.

Nouvel examen. « 90 C chérie ? » (Oui de la tête.) « J'ai l'œil ! » avait triomphé Carola. « Voyez-moi ça ! Un pantalon de jogging ! Ça fait négligé et en plus ça souligne vos formes. » (Oui.) « Bon il faut un décolleté mais pas trop plongeant. Dans ton cas, chérie, ça ferait vulgaire. » Elle lui avait sorti une robe rouge, droite, ni trop ample, ni trop moulante. « Les accessoires maintenant... Voilà un sautoir bronze et une paire de boucles d'oreilles discrètes et pas trop pendantes pour ne pas allonger le visage. » (Oui.) « Ah j'allais oublier, ma chérie. Des talons hauts et que l'on vienne me vernir ses pieds ! »

— Et c'est cher, ce genre de choses ?

Aude sourit. Le chercheur n'est jamais en repos chez Nicolas.

— J'ai rien payé. C'était pour sa chronique dans *Direct féminin*.

— Mais pourquoi vous y êtes allée ?

— Tout ça me déprime, maugrée Muriel, assez fort pour être entendue. En fait on exauce le vœu des beaufs qui rêvent d'échanger leur femme contre une bimbo…

Nicolas fait une moue désapprobatrice en direction de Julia. Muriel est coutumière de ce genre d'éclat. C'est à cause de cette attitude trop « pète-sec » comme disait Aude, que Nicolas l'avait quittée. Ils étaient sortis ensemble un moment, avant qu'elle ne lui présente Aude. Les deux femmes étaient restées amies.

Vincent rougit jusqu'aux oreilles. Il voudrait dire qu'il la trouve beaucoup mieux maintenant, mais il a peur que Julia se méprenne.

— C'est mes copines qui m'ont fait une surprise…, répond Julia, comme si elle n'avait pas entendu la remarque.

— J'aurais bien aimé que ça existe à mon époque, dit Colette, en fixant Muriel, par-dessus ses lunettes.

Seule Julia placée en face d'elle remarque la petite lueur espiègle dans les yeux de Colette, derrière ses lunettes aux verres épais. L'ironie passe souvent inaperçue chez les vieux, sans doute parce que, leur traits affaissés ne manifestant plus que des expressions en demi-teinte, on les pense indifférents. Peut-être aussi parce qu'au fil du temps leur ironie s'est émoussée jusqu'à n'être plus qu'une tendresse malicieuse – semblables en cela aux spectateurs qui, connaissant la fin de la pièce, se prennent de sympathie pour les personnages.

— Moi, je trouve cela très réussi, assure Nicolas, un sourire charmeur au coin des lèvres. Ça le fait !

Elle sent son regard sur elle. Elle n'ose pas lever les yeux. Elle le trouve séduisant. Malgré ses chaussures, jaunes et surpiquées, le genre anglais, qui font prétentieuses. C'est ce qu'elle remarque en premier avec les mains. Nicolas les a fines et soignées. Enfin c'est pas ce qu'elle veut dire. Il est mignon. Oui, mignon. Le genre intellectuel avec ses petites lunettes, les traits réguliers, aucune trace de barbe, et la mèche qui tient négligemment relevée au-dessus du front. Elle a toujours préféré les hommes costauds, un peu bagarreurs, comme Djamel. Comparé à lui, ce type, et l'autre aussi, font plutôt freluquets. On dirait que ses goûts changent aussi.

Colette lui rend la photo.

— Et lui, ça lui a plu... ? s'enquiert-elle, en désignant Djamel.

— Oui... enfin...

— C'est à cause de ça, les vacances imprévues... ?

Julia sursaute. Le téléphone vibre à nouveau.

— Excusez-moi.

Elle ouvre la porte du compartiment. Le bruit des essieux sur le rail se fait plus fort.

Vincent s'imaginc la suivant. « Désolé... Muriel est un peu brutale dans ses jugements ». Un long moment dans le couloir, à discuter jusqu'à ce que le train arrive dans une gare. Ils descendraient et décideraient de louer une voiture pour rejoindre Toulouse, dans son esprit c'est une grosse américaine décapotable, il se voit, lunettes de soleil et chemise ouverte, sur une petite route de campagne, il lâche le volant et crie sa joie, il n'aura pas à faire sa communication au colloque et...

— Il serait bien bête de ne pas apprécier, conclut Colette.

Elle ne connaissait rien de plus beau que le regard d'un homme quand il désire sa femme.

Dans sa tête, elle avait toujours vingt-cinq ans.

8

« T OU ? »

Elle manque se casser la figure dans le couloir. Elle n'a pas l'habitude de marcher avec des escarpins. « Fini les baskets ! » (Carola). Cela l'oblige à se tenir droite, à cambrer les reins. Pas bon pour son dos, qu'elle s'est bousillé à force de soulever des packs d'eau à sa caisse. Le premier soir, elle s'est entraînée sur le tapis épais de sa chambre. Les talons s'enfonçaient dans la laine, c'était agréable de déambuler sans risquer de tomber.

Elle se regarde dans la fenêtre du couloir. Elle peine à s'y faire. « Tu effiles les côtés pour éclairer le visage, et puis quelques mèches sur le front pour allumer son regard » (Carola). Elle a encore le réflexe de ramener sa frange en arrière. Quand elle était sortie de la séance au journal, elle ne savait plus comment se tenir et attendait le verdict des copines. Elles lui avaient fait de grands signes admiratifs. Elles avaient sifflé même. Mais à leur silence embarrassé dans la voiture, elle avait deviné que toutes regrettaient de l'avoir entraînée là-dedans. Même elle, elle se sentait comme une princesse perdue chez les pauvres. Elle n'avait pas osé appuyer sa joue contre ses doigts de peur d'abîmer le maquillage.

« Vous avez six nouveaux messages. » À peine entend-elle la voix de Djamel qu'elle raccroche.

Il n'avait rien dit quand il était rentré. Il l'avait fixée un instant, avant de gagner le salon. Il avait allumé la télé pendant qu'elle préparait le dîner. Elle l'entendait vaguement parler avec Laura. Puis il était venu s'asseoir à la table de la cuisine. Elle avait senti son regard pendant qu'elle allait du frigidaire à l'évier et de l'évier au placard. Elle espérait juste un mot gentil, une plaisanterie, « ça te va bien », « excusez-moi madame, mais vous faites quoi dans la cuisine de ma femme… » Mais il avait gardé le silence, comme s'il était arrivé un truc grave. « Laura m'a dit que t'avais passé la journée avec tes copines… », avait-il fini par lâcher. « C'est elles qui t'ont déguisée ? – Non, c'est Carola ». L'eau froide pour laver la salade lui glaçait les doigts. « Qui ? – Carola, la conseillère en image. » « Tu veux dire celle qui fait l'émission de relooking à la télé ? » était intervenue incrédule Laura. « Oui, mais là c'est pour un magazine. » Djamel avait ricané : « Tu comptes aller comme ça au boulot lundi ? – T'es bête… » « On dirait la pub, tu sais celle du papy et de la mamy dans le lit, quand elle se transforme en une nana canon… », avait poursuivi Laura. « Tu veux dire que j'ai échangé une vieille pour une jeune… ? » Ils avaient ri. Elle s'était retournée, leur avait jeté un regard agacé. « Vous pourriez me dire si je suis jolie… ? » Ils s'étaient regardés stupéfaits. « Moi, je trouve qu'on dirait que tu veux te la jouer jeune… » Djamel avait souri. « Ça te va bien, mais moi je te préfère comme avant… » Elle avait surpris le coup d'œil hilare de sa fille.

Un train, dans l'autre sens, la fait reculer d'un bond, efface son reflet dans la vitre.

Le lendemain, samedi, Djamel s'était levé très tôt pour aller bosser. Elle avait vaguement espéré qu'il lui laisse un mot. Elle avait pris son café puis était remontée s'habiller. Dans le miroir de la salle de bains, elle avait vu les dommages de la nuit. La veille, elle n'avait pas voulu se démaquiller. Une envie irrésistible, prolonger l'image de ce visage séduisant, l'en avait empêchée. Quelques épis. Le blush avait disparu par endroits. Elle qui n'avait jamais mis plus de cinq minutes à se préparer se surprenait à tenter de réparer les dégâts. « La base, avoir bonne mine. C'est le plus important, lui avait expliqué la maquilleuse. Vous avez une carnation blanche-rose, il vous faut un fond de teint rosé… Avec le pinceau. De grands mouvements de l'intérieur vers l'extérieur. Mais d'abord l'anti-cernes. » Elle l'avait observée comme si elle parlait une langue inconnue. « Toujours un ton plus clair que votre carnation. Ne bougez pas, vous allez tout faire rater. Donc pour vous sable. De même le blush. Pêche. Comme vous avez les yeux noisette, il vous faut impérativement jouer avec les fards bruns. » Elle lui avait donné des échantillons. Maladroitement, elle s'activait. Elle ne savait pas vraiment pourquoi cela lui tenait tant à cœur, de toute façon tout aurait bientôt disparu. Elle avait pensé : « C'est comme tout ce qu'on a ici. Dès qu'on achète un truc, au bout de trois jours, il est déglingué. »

Satisfaite du résultat, elle avait enfilé les habits que la production lui avait offerts, fait le tour de la chambre en essayant de marcher en se déhanchant, une légère grimace à la vue de ses mollets qu'elle trouvait trop épais. Elle avait ri de ses bêtises. « Qu'est-ce que tu fous ? » Elle avait tressauté. Laura dans un tee-shirt trop grand, les cheveux emmêlés, et les yeux pleins de sommeil, se tenait dans l'embrasure de la porte.

Tout le week-end, elle s'était sentie comme une pièce rapportée. Djamel et Laura s'étaient murés dans un silence prudent, ses copines ne l'avaient pas appelée, sauf Martine, brièvement. « Ça va ? Il a pris ça comment ? »... Dans sa tête une décision. Elle n'allait pas se dégonfler ! « La gueule que vont faire tes collègues », avait dit Djamel. Eh bien, elle irait au boulot avec la robe rouge et les talons hauts !

Son portable lui annonce qu'elle a reçu un SMS.

« T ou ? »

Ça vient de Martine. Djamel a dû la prévenir.

« Ds le tr1 »

Juste dans le train entre Paris et Toulouse. Même pas encore à Orléans. Je peux descendre quand je veux. Juste un peu d'air. Après je rentre.

Elle a même pas pensé à demander quel jour paraîtrait le journal… En fait elle s'en moque un peu. Non c'est pas qu'elle s'en moque. Elle refuse que toute cette histoire se réduise à un article qu'on accroche au frigo, ou pire encore, qu'on garde sous verre dans la chambre.

« Chérie, tu serais surprise, lui avait dit Carola en tirant sur les perles de son collier, de savoir le nombre de femmes qui, en sortant de chez moi, se précipitent pour tout défaire et redevenir comme avant. Tu sais pourquoi ? (non de la tête) Elles ont peur. Elles n'osent pas s'aimer. Tiens toi par exemple, je vois tout de suite que tu ne t'aimes pas, rien qu'à ta façon de tenir tes épaules en avant. Ah si on avait le temps, je te ferais un relooking extrême (Étonnement de Julia). Oui, c'est comme ça que je l'appelle. Un relooking extrême, parce que pour celle qui le fait, c'est une épreuve, comme de sauter à l'élastique. Je passe plusieurs jours avec elle, à lui apprendre à s'habiller, à se maquiller, à se tenir… À s'apaiser aussi. Tu sais toutes les femmes sont belles (sourire). Non, ne rigole pas. C'est vrai. Il faut juste qu'elles l'acceptent. »

Sur le moment elle l'avait trouvée ridicule avec sa psychologie de magazine. Elle avait senti grandir un sentiment de malaise, le parfum lourd de l'autre, sa taille svelte, ses efforts pathétiques, consacrés au seul raffermissement des chairs. L'impression d'avoir été voir un sexologue, ou un truc dans le genre.

Carola l'avait tirée devant une glace. « Regarde-toi. » Julia avait jeté un bref coup d'œil, juste le temps d'être saisie par la transformation, puis avait baissé la tête. « Non, non, fixe ton image. » Julia avait rougi. « Regarde comme tu es belle ! »

Son visage, son buste rayonnaient, enfin aimantaient son regard. Elle s'était concentrée sur ses défauts, l'arrondi de sa silhouette, souligné par sa robe, au niveau de son ventre et de ses hanches, qui suggérait quelques kilos en trop, plusieurs rides ici ou là, sans oublier ses mollets. Et l'autre qui n'arrêtait pas de lui répéter « Quarante ans c'est le plus bel âge pour une femme ». Elle était comme un meuble qu'on vient de poncer, une pièce qu'on a repeinte, c'étaient les images qui lui venaient. Ce qu'avait fait Carola, c'était de dégager ses traits, d'écarter les hasards.

Adolescente, elle avait le visage incertain des filles qui peuvent, selon les moments ou leurs humeurs, être belle ou quelconque, la godiche à lunettes et cheveux longs, ou les prémices d'une femme qui fait tourner les têtes ; plus tard, quand elle faisait les quatre cents coups avec sa cousine, elle ne se posait plus la question, insouciante, avec son lot de conquêtes et de déceptions, plus tard encore, avec Djamel, elle avait eu l'impression d'un soulagement, d'une fin de partie. Plus de questions à se poser. Elle avait pris l'habitude de ne plus s'occuper d'elle, rassurée au fond, oui rassurée, encore plus quand Laura était née. Et voilà que les quarante ans surgissaient comme le dernier passage à risque, le dernier virage avant la longue ligne droite vers la vieillesse.

Elle avait la sensation de retrouver sa jeunesse. Enfin, sa jeunesse, c'était une image, plutôt l'époque où elle avait quitté ses parents, vivait seule et passait ses week-ends en boîte. Comme si de façon souterraine, clandestine, celle qu'elle avait laissée sur le bord de la route vingt ans plus tôt avait continué son chemin et déchirait le voile épais cachant sa silhouette. La belle au bois dormant. Celle qu'elle avait toujours imaginée être. Il lui suffirait de prendre confiance, d'habiter toute cette chair, de se tenir en équilibre, pour que s'épanouissent son sourire, ses pommettes un peu hautes, ses deux petits plis sur les joues quand elle sourit et surtout son regard, lumineux, qu'elle n'a jamais pu complètement éteindre. « Tu es belle, ma chérie. »

— On regarde le paysage ?

Une forte odeur d'eau de toilette flotte dans l'air. Un homme avec l'accent du Sud-Ouest se tient à côté d'elle. Sur ses gardes. Elle s'écarte en arrière.

« Je vous ai fait sursauter ? » Le type lui sourit de tout son visage, yeux bleus et dents blanches. Un vendeur de quelque chose. « Désolé. » Comment Laura appelait ce genre de gars déjà ? Un bolosse ! Oui c'est ça un bolosse !

L'air inoffensif, avec son regard franc. « Moi, c'est Jean-Pierre. » L'idée lui traverse l'esprit qu'à partir de maintenant, elle est à nouveau sur le marché, selon l'expression de Martine. Une brève montée d'angoisse et presque aussitôt l'envie de ne rien faire comme d'habitude, d'être prête, ouverte, pas l'air rogue habituel de la ménagère qui n'aspire qu'à la tranquillité. Non, l'air de l'auto-stoppeuse qu'elle était autrefois. Qu'un conducteur s'arrête, il sera bien temps de voir après. Son visage se détend. « Julia. Enchantée. » Et roulent les poules… comme disait Laura quand elle était môme.

Son portable vibre. Elle se tourne de côté pour le lire.

« Tu veu pa me dir cki spass ? »

« + tar jsui ac JanPier »

Il lui demande si elle descend sur Toulouse. Lui s'arrête à Brive. Monté à Paris pour affaires… « Je bosse dans l'informatique »… Le bruit saccadé des roues sur les rails contraint Jean-Pierre à hausser la voix. « Je suis Executive sales manager, chez Soexo. » Cela confère à ses paroles insignifiantes une intensité irréelle. « … toujours anticiper, sentir les nouvelles tendances… ». L'écouteur du portable pendouille sur le revers de sa veste et la musculature soulignée par un costume serré lui donne l'allure d'un garde du corps. « Comme le dit notre boss, on ne doit pas insulter l'avenir. » Il la drague avec assurance.

C'est la deuxième fois aujourd'hui !

Il lui fait le récit de la semaine de séminaire qu'il a passée au siège de sa boîte.

Elle s'amuse de son petit jeu, une vraie gamine à la fête foraine, même si le gros lot est une peluche made in Taiwan, le plaisir de prendre un billet de tombola.

« C ki ce JanPier ? »

Elle est flattée du regard de l'homme sur son décolleté. Malgré tout, elle tire sur sa bretelle pour remonter sa robe. Il a une moue complice devinant la raison de son geste.

Il lui raconte qu'il a failli mourir lorsqu'il traversait un couloir de bus.

Elle se risque à rire, un peu trop fort, comme fait sa fille quand elle est avec sa bande de copains. Elle ne se souvenait pas que c'était si facile.

« 1 ami ke jme sui ft ds le tr1 »

Prendre les choses telles qu'elles viennent. Voilà ce qu'elle va faire pendant ces quelques jours.

« Ce serait sympa d'aller boire un verre à la voiture-bar », s'enhardit Jean-Pierre. Elle pourrait franchir toutes les limites, si elle en avait l'envie. « Ça vous tente ? » Pas avec lui. Pas comme ça. « On verra. » Espiègle, elle ajoute : « C'est mon dernier mot, Jean-Pierre. » Il secoue la tête d'un air déçu, sort un bout de papier sur lequel il note son numéro de portable. « Vous m'appelez ? Mais avant Brive, hein ?… » Elle sourit. « Alors peut-être à tout à l'heure, Julia… ? »

« Ms keski va dir Djamel ? »

9

Une goutte de pluie

Vincent a tout de suite remarqué son changement d'humeur. Le sourire qu'elle affichait, quand elle est revenue dans le compartiment, éclairait ses traits, jusqu'à un petit pli en haut du front, et donnait à son visage un air de fragilité qui contrastait avec son corps bien en chair. Une madone à la Botticelli, gracile et sensuelle à la fois.

Elle a sans doute joint le type qui l'appelait sur son portable. Un accès de jalousie l'a pris au dépourvu.

Il se replonge dans l'observation du paysage. Le défilement des champs humides, des étendues sans personne, des petites routes désertes, défilement à deux vitesses, rapide et fugitif pour les plus proches, lents, presque imperceptibles en arrière-plan, lui donne le sentiment que, peu à peu, un sens caché se fait jour derrière les apparences. Sans qu'il le veuille vraiment, l'image de Julia, reflétée dans la vitre, prend le pas sur le reste. Seuls se distinguent le contour de son visage, le galbe de son épaule et de sa poitrine, tellement qu'on dirait un de ces portraits en ombre chinoise, puis, quand surgissent un tunnel ou la masse sombre d'un bosquet, chaque détail prend forme, les mèches de cheveux le long de son front, ses pommettes rieuses, le petit pli le long de sa joue, ses lèvres maquillées, et il s'efforce de faire durer cette vision au charme aussi puissant que fugitif, afin de cerner, dans cette soudaine efflorescence de chair et de lumière, ce qui irrésistiblement l'attire.

Il arrive un âge où les hommes s'enracinent, leur démarche se fait plus lourde, sans être pesante, il existe un moment précis où ils occupent toute l'épaisseur de leur corps, quelles que soient ses imperfections ou ses disgrâces. Chez les femmes, ce point d'équilibre se discerne dans leur façon de se maquiller. Muriel le fait rarement, et comme toutes celles qui se connaissent mal, d'une façon trop voyante. Chez Julia au contraire, le rimmel sur ses cils ou le rouge sur ses lèvres ne cachent ni défaut, ni inquiétude, mais soulignent une lassitude, pas très loin de la grâce, qui marque le relâchement des tensions.

Elle porte des boucles d'oreilles très fines – Muriel n'en met jamais non plus. Deux fois son bracelet a heurté l'accoudoir de son siège, en ce léger tintement qui est pour Vincent la petite musique de la féminité, mystère et promesse. Peu importe qu'elle préfère Nicolas – une évidence –, ce qui compte n'est pas de séduire, mais d'être séduit, la chasse est un plaisir d'âmes simples, de terriens, quand imaginer rend aux choses leur enchanteuse incertitude.

Nicolas le lui répète assez. « Tu n'arriveras à rien de cette manière. » C'est justement cela que Vincent aime. Les bestiaires ressemblent à une mer sauvage qu'il peut sillonner, en marge de la science.

Vincent aurait rêvé de se laisser bercer par le rythme du train, de ne pas connaître l'issue du voyage. Au lieu de ça, il y a ce colloque, tel un dangereux repas de famille.

À chacune de ses interventions, il a connu le même stress de parler en public, avec sa voix qu'il est obligé de forcer pour être entendu, son débit trop rapide qui trahissait son désir d'en finir le plus vite possible. Mais surtout, il n'a pas oublié les attaques dont il a été la cible lors du dernier colloque. Sitôt sa conférence commencée, de toutes parts ont fusé les critiques, sans qu'il comprenne ce qui dans ses travaux – le monde marin dans les bestiaires médiévaux – a pu susciter de telles polémiques. C'est le genre de communication qu'on accepte à la dernière minute quand il manque un intervenant, ou à la demande d'un collègue ayant un peu de poids. Dans son cas, comme à chaque fois, Nicolas a imposé sa présence. Tout le monde sait qu'il est un peu son protégé. Bien qu'ils aient le même âge, Nicolas a toujours été plus brillant, plus avancé aussi dans sa carrière. Et si quelqu'un devait susciter des réactions, c'était bien lui, qui avait pris part à toutes les controverses universitaires.

— Tu es prêt pour demain ? l'interroge Nicolas.

Vincent se souvient d'une histoire qu'on lui a racontée, à propos d'un ancien ministre de la Défense. Lors d'une cérémonie où il devait remettre quelques décorations, au moment de prendre la parole, il a parcouru d'un air distrait son allocution et lancé à l'assistance : « Je pourrais vous lire ce qu'ont préparé mes services, mais… » Il a repoussé les feuilles « … je préfère laisser parler mon cœur de patriote. » Il s'est mis à improviser – en fait à réciter le discours qu'il avait appris sur le bout des doigts. Nicolas est comme ce ministre. Il paraît toujours suivre son inspiration, alors qu'il a passé les jours précédents à mémoriser jusqu'à la moindre plaisanterie.

Paralysé par l'émotion, Vincent, au contraire, se réfugie dans la lecture de son texte. Même s'il avait fait l'effort de le savoir par cœur, il sait, qu'arrivé sur l'estrade, il aurait déjà tout oublié, et si, par la plus grande des chances, il réussissait à ressortir ce qu'il avait préparé, il aurait au fond de lui un censeur particulièrement vigilant qui sabrerait ses effets et lui ferait abréger son intervention.

— Tu ne veux pas me la lire ?

Vincent désigne de la tête Colette et Julia. Il n'a pas très envie de le faire devant elles.

— Taratata ! Cela te fera une bonne révision pour demain. « Yo Vince, tu dois être au top… », ajoute Nicolas, imitant la voix saccadée d'un rappeur.

Résigné, Vincent se lève et se met à chercher dans son sac.

Il sent le regard des autres sur lui, pendant qu'il entasse ses affaires sur son siège, son carnet où il recense chaque animal marin des bestiaires, de vieux crayons noirs au bout rongé, des tickets de carte bleue…

Il ne trouve pas son texte.

— Et dans ta valise ? s'impatiente Nicolas.

Et aussi des bouts de papiers couverts d'écriture en tous sens, un paquet de bonbons vide. Muriel tend la main pour le jeter. Et encore des feuilles qu'il parcourt rapidement, le programme du colloque, plusieurs livres. Il a l'impression de dévoiler son intimité devant tout le monde.

Dans son dos, Nicolas pousse un soupir. Vincent devine son énervement monter.

Tout glisse par terre. Il se baisse pour ramasser.

— Quand je pense au mal que je me suis donné pour te faire inviter, s'échauffe Nicolas.

Vincent a fini de vider son sac. Dans sa tête, tout se bouscule, l'humiliation qu'il est en train de subir, « en train » tiens c'est marrant, la peur de ne pas retrouver son texte, le regard de la fille, alors qu'il aurait voulu paraître tellement… Une idée lui traverse l'esprit et le tétanise. S'il avait laissé son manuscrit sur son bureau…

— Bon, tu l'as oublié ! s'emporte Nicolas. Entre nous, il s'agit là d'un bel acte manqué…

Colette et Julia échangent un regard réprobateur envers le ton brutal de Nicolas.

— Prends une feuille ! ordonne-t-il.

Il a décidé de l'aider à réécrire son intervention. Et croisant le regard de Julia, il ajoute, d'une voix radoucie, pleine de bienveillante condescendance pour Vincent :

— Les amis, c'est fait pour ça non ? Je ne vais pas te laisser te « gameller » comme disent mes étudiants.

Muriel insiste pour qu'il suive le conseil de Nicolas. Elle voudrait que Vincent ne soit pas comme les autres fois pris sous le feu des critiques, lui épargner cette épreuve, mais son ton pressant fait entrevoir à Vincent, l'espace d'un instant, combien au fond elle doute de lui. Ce sont plus sûrement les attentions que les disputes qui, dans un couple, révèlent l'incompréhension et éloignent irrémédiablement. Vaincu par cette vision, il se rassoit.

Nicolas cherche dans le programme l'intitulé de la conférence de Vincent.

— « La vision du monde de la mer dans les bestiaires du XIIIe siècle ». Bien. Quel est ton plan ?

— Euh, une première partie sur les sources, la Bible, le *Physiologus,* Pline, Isidore de Séville…

— Qu'est-ce que tu veux montrer ?

— Le poids de la symbolique chrétienne, balbutie Vincent.

— D'accord. Il te faut des exemples pour retenir l'intérêt de ton auditoire.

Nicolas émaille ses interventions d'anecdotes, avec un art consommé de la rhétorique. Sa conférence sur la grande peste de 1720 est restée célèbre pour avoir donné lieu à la citation, de mémoire, d'un long passage du journal d'un curé de campagne qui racontait comment il faisait à coup d'eau bénite la chasse aux rats accusés de propager l'épidémie. Nicolas l'avait récité sur un ton si mélodramatique, tout en prenant l'accent de Marseille, que la salle avait cru voir surgir devant eux le prêtre.

Vincent réfléchit.

— L'huître… ?

— Développe…

— D'après Philippe de Thaon, chaque matin, l'huître monte à la surface de la mer et recueille la rosée, qu'aussitôt les rayons du soleil durcissent. Quiconque possède une de ces perles et vit chastement, en bon croyant, sera protégé des infirmités, car l'huître est pareille à Marie qui enfanta Jésus.

— Mais les perles, ce sont de la nacre, commente Colette.

— Bien sûr, répond Nicolas. Mais les érudits du Moyen Âge ne s'embarrassent pas de vérité scientifique. Pour eux, le monde réel est rempli de signes que Dieu leur a laissés et dont ils doivent s'inspirer pour vivre selon leur foi. Tout est vu sous cet angle, y compris la nature et les animaux. N'est-ce pas, Vincent?... Par exemple, ils se demandent si les animaux ont une âme... Un abbé a même excommunié des anguilles qui s'étaient reproduites en trop grand nombre dans un lac, empêchant les autres poissons de se développer...

Vincent lui a raconté cette histoire la semaine dernière.

— Bon, reprenons, poursuit Nicolas. Deuxième partie ?

— Les apports médiévaux...

Vincent n'a plus de feuille pour écrire. Muriel fait signe qu'elle en a dans son sac.

— Tu veux dire les nouveaux usages, reprend Nicolas, l'amour courtois, l'édification des fidèles...

— Je l'ai retrouvé ! s'écrit Muriel en agitant des pages manuscrites. Tu l'avais mis dans mon sac ! Ce que tu es distrait, poursuit-elle en le lui tendant.

— Bon ! Nous voilà rassurés ! conclut Nicolas.

Il s'enfonce dans son siège, pose sa jambe sur son genou, remonte sa chaussette.

— Tu devrais leur raconter l'histoire du Licaar...

Vincent prend un air contrarié. Combien de fois il l'a servi ce numéro, quand un parent, un ami au cours d'un repas lui demande « Et toi tu fais quoi ? » Devant leur incompréhension, il leur parle du Licaar, et ils s'esclaffent d'un rire gras et supérieur.

— Dans un des bestiaires qu'étudie mon ami, commence Nicolas sans attendre, il y a un chapitre consacré aux animaux marins...

— C'est dans le *Livre des propriétés des choses* de Jean Corbechon, grommelle Vincent.

— C'est ça, reprend Nicolas, qui s'avance sur le bord de son siège pour se rapprocher de Colette et Julia.

Son geste n'échappe pas à Muriel. Nicolas cherche à séduire cette fille, elle en est sûre. Il ne peut résister à l'appel d'une paire de seins dans un décolleté. Elle donne un bref coup de coude à Aude. Si elle n'y prend pas garde, il est capable d'avoir une aventure avec l'autre d'ici Toulouse ! Mais Aude ne semble pas s'en inquiéter.

— Donc Corbechon raconte que, selon Aristote, les poissons sont plus ou moins gras, suivant les périodes de l'année. C'est parce que certains s'engraissent du vent du nord... Ce sont lesquels déjà ?

— Les poissons ronds.

— Voilà et d'autres espèces, longues et plates, se nourrissent des vents du midi. Puis Corbechon se lance dans une digression sur la pluie. D'après lui, si elle est bénéfique à certains comme l'huître qui produit ainsi la perle, elle peut en rendre aveugle d'autres.

— Aveugle ? s'étonne Colette.

— Oui mais Corbechon ne précise pas lesquels. Et puis, il y a le Licaar. C'est un tout petit poisson…

— Il existe vraiment ?

— … qui vit dans les profondeurs de la mer, poursuit Nicolas, en lançant un clin d'œil malicieux à Julia. Il est si minuscule et si fragile qu'il demeure caché dans des grottes sous-marines. Son existence serait des plus paisibles, si le malheureux n'avait été affublé d'une curiosité maladive qui le pousse à sortir de sa tanière et à remonter régulièrement vers la surface pour voir le monde !

Colette sourit.

— C'est très sérieux, réplique Nicolas. Car un danger très grave le menace. Si par malheur, ce jour-là, il tombe des cordes, il suffit qu'une goutte de pluie le touche pour qu'instantanément, il meure !

— Un poisson qui craint l'eau ! pouffe Colette.

Tous rient sauf Vincent, et Muriel qui surveille le manège de Nicolas.

Aude jette à nouveau un regard admiratif à son mari. Elle pense qu'il devrait remplacer Vincent à sa conférence. Cela se passerait beaucoup mieux. Elle croit deviner ce que ressent Vincent. Elle est comme lui. Il y a ceux qui écoutent et ceux qui parlent. C'est pour ça qu'elle a arrêté ses études de musicologie.

Julia ne quitte pas Vincent des yeux.

— Mais vous ? lui demande-t-elle un peu intimidée. Qu'est-ce qui vous intéresse dans ces histoires ?

La question le surprend. Il aimerait lui expliquer que peu importe la vérité, seule compte la signification de l'histoire, tels ces miroirs déformants qui réfléchissent une image enfouie au fond de nous, qu'en l'occurrence, le Licaar représente l'homme qui cherche à découvrir les mystères de la Création… Il voudrait lui dire qu'il y a toujours un sens à ce qu'on fait, même si c'est à notre insu…

— En fait, explique Nicolas, ces bestiaires permettent de comprendre comment les gens voyaient le monde. Vous savez, nous croyons aujourd'hui en des choses qui feront sourire les générations futures…

Vincent paraît soudain si triste.

Si elle était sa femme, Julia lui enlèverait ses lunettes et l'embrasserait.

10

Les Aubrais

« Nous arrivons en gare des Aubrais. Les Aubrais. Quatre minutes d'arrêt. Correspondance pour Orléans à 10 h 55, pour Tours et Angers à 11 h 02. Concernant les voyageurs sans billet valable, qui ne se sont pas présentés au contrôleur, ils verront leur situation régularisée aux conditions du "tarif de contrôle", qui comprend une indemnité forfaitaire légale en sus du prix du billet. »

Le chef de gare attendra Germinal au niveau de la voiture 10. De là, ils pourront surveiller l'ensemble du quai.

— Ola camarade ! l'accueillera-t-il en riant. Au fait, la semaine prochaine, c'est Alain qui me remplacera.

— Ah bon ? Et… Et… Et toi tu seras où ?

Germinal remarquera, à quelques mètres d'eux,

une femme qui fume en les fixant pour surveiller si le train repart. Il soutiendra son regard un bref instant. Elle tirera sur sa cigarette comme si elle cherchait à la finir le plus vite possible. Une employée dont les pauses sont minutées, se dira-t-il.

— En vacances ! Chez toi ! En Espagne !

— Tu vas en… en… Tu vas dans quel coin ?

Elle est en voyage, quelque chose qui sort de l'ordinaire. Sans doute a-t-elle été chez le coiffeur, juste avant de partir. Elle passera son temps à réajuster ses cheveux. Bien maquillée, une robe nouvelle, il le devinera à sa façon de vérifier régulièrement qu'elle tombe bien, qu'il n'y a pas de faux plis. Une femme du peuple qui part voir ses parents ou sa famille. Une journée de congés payés. Il a l'habitude de décrypter les gestes des passagers en fonction de leur origine sociale, de leur classe.

— En Andalousie. Au soleil !

— Tu… tu… tu sais en cette saison, il ne fait passichaud que… que… que ça. Tu peux même prévoir une… une… prévois une petite laine ! Lessoiréessontfraîches !

Germinal ne pourra détacher ses yeux de la passagère. Elle est assez jolie, jolie même, bien qu'un peu trop en chair. Son goût le porte vers les filles plus sèches, le visage anguleux, les cheveux courts et des petits seins. De toute façon son métier empêche toute aventure sérieuse. Il n'a pas envie de retrouver à chaque retour, dans son appartement, une femme, qui aurait rangé ses livres et ses revues. Il préfère cette existence de solitaire.

— J'ai bien fait de t'en parler. Sinon on n'aurait emmené que des tee-shirts !

Au vrai ce n'est pas tant son métier que son engagement qui l'empêche de vivre avec une femme.

Que ce soit son studio à Paris, ou sa chambre au foyer, la même depuis vingt-huit ans, il fait attention à ne jamais rien laisser qui pourrait lui donner le sentiment de rentrer chez lui. Cela correspond à son idée de l'existence du révolutionnaire : un renoncement au confort et une austérité au service de la cause qui se veut exemplaire.

C'est aussi pour cela qu'il aime tant les repas au réfectoire, où l'alcool et la fatigue aidant, à chaque fois, s'opère la même promiscuité fraternelle et lui semble une préfiguration de ce que sera la vie, une fois la société sans classes instaurée.

— Tu as entendu la dernière sur Franco ? Il aurait truqué le concours de l'Eurovision !

Sur toute la ligne, Germinal a des conversations en suspens. Il refait l'histoire des occasions manquées. À Limoges, il réexamine les conséquences de mai 1981 avec un cheminot socialiste ; il s'emploie à convaincre celui de Brive, un cégétiste, de la responsabilité de son syndicat dans l'arrêt des grèves de 68 ; avec celui de Toulouse, un communiste, il se chicane sur l'attitude du PC à la Libération – cela l'étonne toujours que, lui qui a rêvé toute sa vie de changer le monde, de faire la révolution, il puisse être en même temps aussi accroché à ces petits rituels.

Avec son collègue des Aubrais, il discute de la guerre d'Espagne.

— Ils en ont parlé ce matin à la radio ! Pour redorer le blason du régime ! Il a envoyé des responsables de la télévision espagnole et de maisons de disques dans toute l'Europe pour proposer d'enregistrer les artistes locaux, et acheter des droits de séries télé en échange des votes à l'Eurovision !

C'est curieux parfois les voies de traverse que l'on prend dans la vie. Il avait rêvé d'être un grand orateur. Mais, malgré son timbre de baryton et son bouc taillé en pointe qui lui donne un faux air de Trotski, il ne s'est jamais senti capable de soulever les foules. Son élocution, tantôt hésitante, tantôt trop rapide, comme si les mots se refusaient puis se bousculaient, sa silhouette efflanquée et aussi une certaine raideur dans ses mouvements le font ressembler à un don Quichotte militant.

— J'imagine la scène… Franco convo… Franco convoquantsesministres et leur disant qu'il a trouvé comment… comment sortir de la crise grâce à l'Eurovision ! Ils ont dû croire que le vieux était devenugâteux !

La plupart de ses collègues attribuent sa dureté, question règlement, à de la rancœur ou à un zèle professionnel. Il s'en moque d'être bien noté, il n'a pas non plus de comptes à régler avec les voyageurs. Il n'est si inflexible envers les passagers que pour leur faire prendre conscience de l'injustice de l'ordre capitaliste, tel un professeur sévère, convaincu que la leçon sera profitable.

Il aurait aimé que l'un d'eux lui crache au visage « J'emmerde l'ordre bourgeois et ses valets. » Il aurait fermé les yeux, même si, pour être vraiment sincère avec lui-même, il n'en est pas si sûr. C'est du moins ce qu'il se dit. Le cas ne s'est jamais présenté. Ils se comportent tous en victimes, prises en faute. Alors il attend qu'un jour, un voyageur se rebiffe, comme on espère le Grand Soir.

Les quatre minutes d'arrêt écoulées, il donnera un coup de sifflet et fera signe à la femme de remonter. Elle le remerciera d'un grand sourire. Surpris, il répliquera au salut de son collègue, par un poing levé, avant de se rendre compte de son étourderie et de partir d'un éclat de rire, tandis que s'éloignera le visage médusé du chef de quai des Aubrais.

11

Les poissons ne connaissent pas l'adultère

« La Lacovie, aussi appelée Cete, est une sorte de baleine, connue pour ses écailles ayant l'aspect du sable semblable à celui que l'on trouve sur le rivage. Les marins qui aperçoivent le dos de la bête à la surface de l'eau croient qu'il s'agit d'une île. Mais s'ils y font escale et préparent un feu pour leur dîner, ils se retrouvent entraînés par le fond. »

Vincent fait une grimace.

Mauvais présage, pense-t-il. Il va encore se faire attaquer par ses collègues lors de sa conférence.

Depuis des années, il consigne dans un carnet des notes glanées au hasard de ses lectures. Il l'a toujours sur lui tel un livre de prophéties. Quand quelque chose vient troubler sa quiétude, un colloque, la rentrée universitaire, une dispute prévisible avec Muriel, qu'il s'interroge sur les conséquences ou cherche à savoir comment cela se terminera, il l'ouvre au hasard et quelques lignes. Puis il essaie de les interpréter, à la manière des auteurs de bestiaires qui attribuent à chaque geste ou habitude supposés des animaux une signification morale.

« Quand la Lacovie a faim, elle ouvre une gueule d'où s'échappe une odeur très agréable qui attire les petits poissons. Lorsqu'ils sont assez nombreux, elle les avale. Il en va de même pour les hommes trop sensibles aux jouissances que le Diable engloutit, car il est dit dans les Écritures : "Ceux qui prennent plaisir aux parfums du monde, qui sont vains, ceux-là se précipitent en Enfer." »

Cela se complique. Cette difficulté à interpréter le passage l'apaise. Dans certain cas, quand il ne peut discerner aucun signe, du moins aucun ayant un rapport avec lui, alors cela redevient une simple note de travail, d'où tout mystère a disparu.

Vincent relève la tête, rassuré.

Absorbée par sa lecture, Muriel enroule une mèche autour de son doigt. Régulièrement, elle regarde les cheveux restés dans sa paume, puis secoue sa main devant elle, avec un air triste. Il lui sourit avec tendresse pour la réconforter. Certains soirs, ou quand elle a une contrariété, elle peut passer des heures à s'inspecter les épaules après s'être brossée pour mesurer l'ampleur des dégâts.

« La Lacovie est le seul monstre marin connu avec la Sirène. La mer est un monde tranquille. L'eau symbolise la prudence, car elle a une nature de miroir, dit Richard de Fournival. En la regardant, on peut y voir refléter à l'avance le danger qui menace et on dispose ainsi d'un temps pour réagir. »

Les auteurs de Bestiaires sont des moines et des clercs, des terriens. Ils restent à la surface de l'océan et envisagent, en dessous, des monstres qu'ils parent de toutes les terreurs nées de leur imagination. C'est pour ça que Vincent a choisi ce sujet. Le monde marin dans les Bestiaires, autant dire rien ou très peu. Quelques notations en marge qu'il étudie avec d'autant plus d'attention qu'elles sont imprécises, allusives. Aux yeux de l'université pourtant habituée aux sujets ténus – érudits selon l'appellation des chercheurs –, ce travail n'aurait dû arrêter Vincent qu'un an ou deux tout au plus, le temps de monter une exposition, d'en faire le catalogue puis un livre, de connaître sa minute de gloire et d'accéder à un poste de professeur. Au lieu de ça, Vincent s'entête avec ces poissons aux corps à moitié humains, aux formes terrifiantes, écailles tranchantes, gueules immenses comme des gouffres, ces récits sans queue ni tête, dixit Nicolas. Il commence même à devenir la risée de certains, l'agité du bocal ainsi que l'appelle un collègue. Vincent aurait bien été en peine d'expliquer les raisons de son obstination.

« Les poissons qui la peuplent sont innombrables, même si Pline l'Ancien n'en compte que 144 variétés. Mais aucune espèce ne peut s'unir à une autre, à la différence du cheval avec l'ânesse. Les poissons ne connaissent pas l'adultère. »

Il ne sait pas pourquoi, cela lui évoque la phrase de Jules Renard que lui sert Nicolas, chaque fois que Vincent le rencontre avec une de ces filles de passage dont il est coutumier, « Connaître les femmes sans être amant, c'est comme un pêcheur qui, ayant taquiné le goujon, s'imagine connaître les poissons… » Il se sent entre deux eaux, ou plutôt pareil à un poisson échoué sur la plage et son carnet, les Bestiaires, son attachement à leur étude lui sont un espoir de s'épargner tout risque, un moyen sûr de trouver le chemin des profondeurs comme quand, enfant, il se baignait et redoutait tout autant qu'il l'espérait le moment précis où il cessait d'avoir pied…

— L'Europe, c'est « has been total », lâche Nicolas, sur un ton sentencieux, en lui parlant de sa candidature à un poste à l'université américaine de Stanford. Là-bas, ils ont compris depuis longtemps l'importance de la recherche.

— Tu veux dire aux States ? ironise Vincent.

Parfois, on est ami avec des gens qui auraient pu tout à fait nous être indifférents. Alors il suffit de peu de chose pour que cette amitié tombe, se défasse, une erreur qu'on répare, ou bien au contraire pour que cela ne se produise jamais et qu'elle se conserve telle une vieille photo dans un portefeuille.

— Vous n'avez pas envie d'un café ?

Il part seul à la recherche de la voiture-bar, observe au passage les voyageurs, leur façon de se tenir, certains avachis, endormis, d'autres au contraire bien assis, studieux, leurs tablettes chargées de sucreries, de journaux, d'ordinateurs portables. L'espace d'un regard, il entre dans leur vie, comme un voyeur épiant par la fenêtre ses voisins. Un homme sur un bout de papier trace de longues séries de chiffres, un savant peut-être, ou un type ruiné qui ne sait pas comment il va payer ses dettes. Tout est affaire de curiosité. Les rangées d'arbres dehors laissent passer la lumière du soleil par intervalles, ce qui donne aux gestes des voyageurs le rythme saccadé des vieux films en noir et blanc. Il croise une femme suivie juste derrière par un jeune type, soudain elle s'écarte, « Allez-y puisque vous avez le feu… », l'autre la double hilare « J'ai le feu, Madame… » Nicolas et tous ses collègues admettent que l'existence des individus peut être bouleversée par l'Histoire, mais rechigne à penser que ces mêmes individus peuvent bouleverser l'Histoire, un enfant dessine des maillots de football, Vincent, lui, a renoncé aux catégories, ce qui est rare pour un historien, une femme vide son sac, il voudrait s'attarder pour voir tout ce qu'il contient. Un contrôleur l'aborde. « Bonjour, contrôle des billets. » Vincent le lui tend. « Elle est encore loin la voiture-bar ? » « Elle est, elle est… elle est… » Ses mots se précipitent. « pascellelàmaislasuivante » lâche Germinal en un souffle. « Pardon ? » Germinal lui fait signe de la main. « Deux ». « Merci ».

— Un café, s'il vous plaît.

— Oun eurro tente cinq.

Singh, l'employé de la voiture-bar, manque de renverser le gobelet. Vincent aurait pensé qu'il serait plus habitué aux secousses du train. Il s'imagine sur un bateau. Dans un bestiaire, il est dit qu'il existe un petit poisson, l'échine. Les marins expérimentés l'ont à l'œil, car quand une tempête est sur le point d'éclater, il se saisit d'une pierre et la porte avec lui à la façon d'une ancre…

Au moment de repartir, il heurte une femme accoudée à une table.

— Vous prenez des risques. Vous feriez mieux de boire votre café ici…

Julia l'invite à s'asseoir à côté d'elle.

— Vous avez l'air plongé dans vos pensées…

Le corps penché en avant, au-dessus de la table, il s'absorbe dans la contemplation de son café. Il aimerait lui raconter quelque chose de drôle, briller comme sait faire Nicolas mais redoute de passer pour un type bizarre, perdu dans son monde.

— Je pensais à une phrase que j'ai relevée dans un livre ancien…

Il s'arrête, comme tous les vrais timides, il est persuadé que les mots qu'il dit le dévoilent, puis se lance.

— L'auteur écrit que les poissons ne connaissent pas l'adultère.

Il est surpris par la franchise de son rire. Souvent les gens le font avec retenue, ou bien raclent leur gorge comme s'ils se forçaient. Elle rit sans arrière-pensée.

— Il est un peu dur avec vous, votre ami…

Il regarde le paysage et semble ne pas l'avoir entendu.

— Je déteste parler en public…

— Je m'en serais doutée, se moque-t-elle gentiment.

Elle l'observe intriguée et touchée par la gêne qui s'installe.

— En tout cas je trouve ça génial d'être passionné par ce qu'on fait…, dit-elle.

Un silence.

Vincent grimace en goûtant son café.

— Vous aussi il vous a donné du thé ! rigole Julia. Moi je voulais un chocolat…

Elle remarque le bref regard qu'il a jeté sur son décolleté.

Il lui demande, sur un ton très sérieux, dans quoi elle travaille, soulagé d'avoir trouvé un sujet pour relancer la conversation.

Un soubresaut fait perdre l'équilibre à Julia. Elle se raccroche à lui. Vincent sent ses doigts sur son bras. Son parfum flotte dans l'air. Il y est extrêmement sensible. Un nouveau sujet d'étude ? À chacun son message, la vanille pour les adolescentes qui font leur premier pas et découvrent leur féminité, ceux trop acides des femmes à ambition, fragrance de défi, ou ceux entêtant tel un masque pour cacher la sécheresse du cœur, et aussi tous les parfums qui ne correspondent pas à celle qui le porte, telle fille triste ou coincée au parfum capiteux, rêve de femme fatale, séductrice… Celui de Julia a quelque chose de charnel, pas sensuel, non charnel, « je suis ce que je suis », sans bravade ni fausse honte.

Il est si absorbé par ses réflexions qu'il n'entend pas sa réponse.

— Cela doit être intéressant.

— Vous vous fichez de moi ? lui répond Julia ironique. Qu'est-ce qu'il peut bien y avoir d'intéressant à être caissière dans un supermarché…

Il bredouille une excuse, tout en fixant son gobelet, avec attention. Plus le silence dure, plus il la sent proche. Elle s'amuse de son trouble. Il lui sourit.

Elle se penche soudain vers lui.

— Cachez-moi ! Cachez-moi !

Elle vient d'apercevoir Jean-Pierre qui semble chercher quelqu'un du regard.

— Il ne faut pas que le type là-bas me voie. Sinon je suis foutue ! dit-elle, rieuse.

Vincent se retourne et lance un rapide coup d'œil. Mais sa main heurte son thé et le renverse.

Julia se recule précipitamment en poussant un petit cri.

— Désolé… Vraiment désolé…

Il se précipite pour éponger avec un mouchoir en papier, se maudissant de l'avoir contrariée et plus encore de voir par sa faute s'envoler leur intimité naissante.

— Je crois que pour la discrétion, c'est raté…, lâche-t-elle hilare.

— À ce que je vois, j'arrive trop tard pour le café… ! s'exclame Jean-Pierre.

Son rire couvre la voix de Julia, obligée de s'y reprendre à deux fois.

— Je vous présente mon mari, répète-t-elle.

Les deux hommes ont l'air aussi étonné l'un que l'autre. Dans sa tête, elle entend sa copine Martine « La vache, t'es gonflée ! »

— Mon chéri…

Un léger trouble la parcourt en prononçant ce mot.

— …Voici Jean-Pierre. Nous avons fait connaissance dans le couloir tout à l'heure.

L'autre fixe la main de Julia.

— On est pas mariés… on est concubins, mais je déteste ce mot.

Jean-Pierre lui lance un regard ironique.

— Vous savez la cérémonie des anneaux et leur bénédiction ne datent que du IXe siècle avec l'instauration de la monogamie, intervient Vincent comme s'il voulait se racheter auprès de Julia. Et le mariage ne devient un sacrement en tant que tel qu'au XIe siècle avec la réforme grégorienne.

— Oh eh, on est à Questions pour un

champion ou quoi ? rétorque Jean-Pierre, de plus en plus maussade.

— Vous ne connaissez pas cette histoire ? Selon certains érudits du Moyen Âge, un dauphin aurait avalé l'alliance d'une femme qui l'avait ôtée pour séduire un homme. Depuis lors, le dauphin demeure fidèle à sa femelle jusqu'à la mort…

— Non, je ne connaissais pas cette histoire… Très… intéressante… Excusez-moi, je vais me chercher un café. Peut-être à plus tard…

Jean-Pierre se replie vers le comptoir.

— Vous êtes formidable ! s'écrie Julia. Avec Djamel, ça se serait fini en coup de poing ! Tandis que vous, deux, trois citations et hop ! Ramassé, le Jean-Pierre !

Un fou rire la secoue, qui gagne Vincent.

Reprenant son souffle, il demande :

— C'est qui Djamel ?

— Mon… mari !

Ils sont à nouveau gagnés par l'hilarité, deux gamins contents de leur farce. Un instant leurs têtes se frôlent presque. Il lui suffirait de se pencher un peu plus pour que leurs épaules se touchent.

En quittant la voiture-bar, elle adresse à Jean-Pierre un au revoir de la main avant de passer son bras à celui de Vincent, qui baisse les yeux.

Julia Roberts n'aurait pas fait mieux. Enfin peut-être qu'elle l'aurait embrassé…

Sur le chemin du retour, ils sont arrêtés par un groupe de femmes, attroupées autour d'un type, un ordinateur posé sur sa tablette. Sur l'écran, défilent les paroles des chansons qu'elles reprennent en chœur. Elles ont toutes la même coiffure, les cheveux, décolorés et volumineux ramenés au-dessus de leur tête, comme une grosse choucroute.

Julia fredonne quelques mots au passage. Plusieurs l'invitent de la main à chanter avec elles. « Voyage voyage/Plus loin que la nuit et le jour… » Dérouté par la facilité avec laquelle elle a accepté, Vincent, un peu à l'écart, la regarde chantonner cette guimauve. « Voyage voyage/Dans l'espace inouï de l'amour… ». Il n'a jamais su se fier à son inspiration. Il aimerait vivre avec une fille dans son genre, qui l'entraînerait malgré lui, « Voyage/Voyage… », qui annihilerait sa peur de ne pas savoir comment se comporter, « Ne t'arrête pas… », de ne jamais être à sa place. Elle l'encourage, elle lui prend la main, il bredouille deux trois mots, lui fait signe qu'il ne sait pas chanter, elle hausse les épaules et lui sourit. « Et jamais ne reviens… » L'idée lui traverse l'esprit que peut-être c'est vraiment fini avec Djamel. Jean-Pierre est là aussi qui l'observe et l'applaudit. La chanson s'achève. Les choristes entourent Julia. « C'est son mec… », glisse Jean-Pierre au type à l'ordinateur. Vincent change de couleur.

12

HISTOIRE SANS PAROLE

Il repassera quand il aura fini avec les autres voyageurs.

Germinal l'a tout de suite repéré. Le coup classique du type qui quitte précipitamment son siège quand le contrôleur arrive et s'enferme dans les WC.

Il termine la voiture et revient sur ses pas. Il frappe à la porte. « Contrôle des billets ! » Pas de réponse. Il laisse passer trente secondes, toque à nouveau. Aucune réaction. L'idiot ! Il ne sait même pas qu'avec sa carré, Germinal peut actionner le loquet.

Il n'est pas pressé. Dans un quart d'heure on arrivera à Châteauroux. D'ici là, il n'a rien de plus important à faire. Au bout de quelques minutes, les toilettes s'ouvrent, un homme jeune, le regard apeuré, en sort. Il grimace en apercevant Germinal, esquisse un mouvement de repli. Germinal lui crie : « J'ai la clef ! », en la lui montrant.

— Billet !

L'autre fait non de la tête.

— D'accord !

Germinal sort son carnet d'amendes et prend un stylo :

— Vous... vous... vous allez,... vousallezoù... monsieur s'il vous plaît ?

L'autre ne bronche pas.

Germinal le regarde intrigué.

— Bon, si vous... si vous persistez dans votre silence, onvapass'ensortir. J'ai... j'aibesoinde votre destination !

L'autre, affolé, lui fait signe de patienter et tire de sa poche des dizaines de petites croix sous plastique et une carte qu'il lui tend.

Germinal lit :

« Bonjour, je m'appelle Gheorje.

J'arrive Roumanie. Je suis pas un mendian. Je suis sourd et muet. Acheté la croix de Saint-Jean, apporte l'argent, la chance et l'amour pour vous et votre famille. Grace à vous je mange et je reste propre. Merci pour votre géneresité. »

Germinal porte sa main à sa boucle d'oreille.

— Mais comment... comment... ? lâche-t-il. Habituellement, tu... tu... Enfin tu poses tes, tes... tes machins sur les sièges, tu les reprends et tu descends avant queletraindémarre !

Le plus difficile pour un révolutionnaire tel que Germinal, ce n'est pas d'avoir une vision précise de l'avenir du capitalisme mais plutôt, au quotidien, d'adopter l'attitude politique juste. Aussi quand il ne sait pas quelle décision prendre, il se demande ce qu'aurait fait Trotski. C'est d'autant plus étonnant que Germinal n'a jamais été trotskiste, mais il est secrètement convaincu que l'esprit méthodique du Russe, sa capacité à théoriser chaque événement constituent une bonne méthode pour y voir clair. Dans les cas les plus embrouillés, Rosa Luxemburg ou Buenaventura Durruti, l'anarchiste espagnol, interviennent aussi. L'esprit de Germinal ressemble alors à un vaste meeting et les mots se bousculent dans sa bouche, comme si chacun cherchait à imposer son point de vue.

Sur le coup, Trotski reste muet, si l'on peut dire.

« Interroge-le pour savoir comment il a fait son compte pour se mettre dans une telle situation ? » suggère Rosa Luxemburg.

— Maisjepeuxpas ! Il… il… il est sourd… et muet aussi !

« Tu n'as qu'à lui donner ton stylo », intervient Trotski.

Germinal note sur un papier :

Pourquoi tu n'es pas descendu du train ?

L'autre lit et écrit :

On ma empêché

« Orthographe défaillante, commente Trotski. Certainement un membre du sous-prolétariat. Méfie-toi, il ne doit pas avoir de conscience de classe. »

« C'est un exploité comme les autres, le rabroue Durruti. À Barcelone, les aveugles, qui vendaient les billets de loterie, avaient eux aussi un syndicat. »

« Demande-lui donc qui l'en a empêché ? » (Luxemburg)

1 homme dan le vagon la ba

« Qu'il te le montre » (Trotski)

« Tu travailles pour la police maintenant ? » (ironise Durruti)

Le sourd-muet, accompagné de Germinal, s'avance parmi les choristes et se plante à côté d'un type assis devant un ordinateur.

— C'est lui ?

Le type, la cinquantaine grisonnante, la mèche en banane, un chewing-gum à la bouche, relève la tête.

— Mais c'est notre petit sourd-muet ! T'as pas réussi à descendre aux Aubrais ! raille-t-il.

— D'après ce qu'il dit, enfin façon... façon de parler, ce serait vous qui... qui l'avez empêché de descendre du train à Austerlitz ?

Rires.

Une femme aborde Germinal.

— C'est vrai. C'est de la faute de cette andouille de Dick...

Nouveaux rires.

— Il lui a fait une mauvaise blague. Au moment où il est repassé prendre ses croix, il l'a bloqué jusqu'à ce que le train démarre.

Rires à s'en étrangler.

« Humour petit-bourgeois typique » (Trotski)

« Tu devrais le balancer du train » (Durruti)

— Il a pas de billet ! s'exclame hilare Dick. Faut lui coller une amende, monsieur le contrôleur !

— Mais pourquoi… pourquoi, pourquoi vous avez fait ça ?

Les ricanements de Dick redoublent, sans que Germinal sache si c'est à cause de sa question ou de sa diction.

— Ce n'est pas de sa faute ! proteste la jeune femme qu'il a vue fumer sur le quai aux Aubrais.

— C'est que… c'est que… il… enfin ilpeutpasvoyagersansbillet !

— Tiens écoute, c'est pour toi, lance Dick en direction du muet. *La chanson du Roumain !* C'est de Johnny…

« Quand j'étais enfant/Je vivais très loin… »

Julia insiste. Le muet n'a qu'à descendre à la prochaine gare.

Germinal frotte nerveusement sa boucle d'oreille.

— Mais même si,… si… si… si je fermais les yeux, il fait co… co… comment pour le train du retour ?

Silence consterné des choristes. Dick brandit le pouce en signe de soutien à Germinal.

— Bon OK, dit Julia. C'est combien son billet pour le retour ?

Il consulte les tarifs.

— Le mieux serait qu'il aille jusqu'à... jusqu'à Limoges. S'il descend à,... à... à Châteauroux, il devra attendre 17 h 15 pourreprendreuntrain vers Paris. Alors qu'à Limoges,... il y a le... le 13 h 02. DirectParis. On arrive là-bas à... à 12 h 32, ça lui fait juste... juste... ça lui fait juste une demi-heure d'attente.

— Je me suis enfui/Vers d'autres pays, fredonne Dick, J'ai pris des chemins/Interdits...

— Avec l'aller aussi... ça fait...

Julia lève les yeux d'agacement.

— 80 euros.

— Allez, chacun file quelque chose, lance Julia en direction des choristes.

« La générosité spontanée des masses » (Luxemburg)

— Ah non, crie Dick. Si vous l'aidez, cela l'incitera à continuer ses petites magouilles.

— Il a raison ! intervient Jean-Pierre. Faut lui donner une bonne leçon.

— Mais c'est à cause de sa blague stupide ! réplique Julia.

Vincent tend un billet de 20 euros. Il a hésité à payer la totalité. Il trouve l'idée très romanesque, mais il a peur de paraître vouloir jouer au héros et puis il pense aussi qu'il devra essuyer la colère de Muriel.

Julia le félicite d'un sourire et ouvre son sac pour chercher son porte-monnaie. Il l'arrête.

— Voilà pour ma femme et moi, explique-t-il,

faisant un effort pour ignorer les regards qui se tournent vers lui.

Une choriste sort quelques pièces de sa poche, puis deux autres, puis encore quatre. Finalement toutes finissent par participer.

« Il faudrait un représentant du Parti pour les aider à s'organiser » (Trotski)

— Vous êtes toutes des cruches ! s'énerve Dick.

— 95 euros. Il y a 15 euros de trop, conclut Germinal qui finit de recompter.

— Y'a qu'à lui donner, suggère une choriste.

— Non mais vous êtes tombées sur la tête ! s'emporte Dick.

— Ce sera pour le dédommager de ta connerie, lui rétorque une fille.

« Je suis le Roumain/Je viens de très loin… »

Le muet prend l'argent, porte la main à son cœur et fait signe de l'adresser à chacun.

— C'est ça ! Regardez-le ! Il peut être content, l'enfoiré, enrage Dick.

Germinal remplit le billet et le tend au muet.

Des hourras fusent.

« Les femmes sont l'avant-garde du prolétariat » (Luxemburg)

Elles conduisent le muet jusqu'à un siège libre.

— Vous avez été super ! glisse Julia à l'oreille de Vincent. Quand on sera revenus à nos places, je vous rembourserai.

Mais Vincent refuse absolument. Il imagine la

tête de Muriel voyant Julia lui donner 20 euros, ses explications embarrassées et son air penaud.

— Vous me paierez un café…

Sans réfléchir, elle lui saute au cou et lui donne un baiser sur la joue.

— On remercie son homme d'avoir adopté un petit muet ? raille Jean-Pierre.

13

Châteauroux

« … Châteauroux… Deux minutes d'arrêt… Correspondance pour… »

La voix de Germinal tire Colette de sa somnolence. Elle se redresse sur son siège.

« … préciser… qui se trouveraient en infraction…, la possibilité de la contester en adressant… »

Elle songeait à son fils et sa belle-fille qui lui rendaient visite avec l'attention qu'on porte aux bons souvenirs que l'on veut garder.

Sa belle-fille en particulier méritait la palme. Une fois par mois, elle la traînait au cinéma, regarder des comédies sentimentales, enfin n'importe quel film léger et drôle pour lui éviter les idées noires, à moins que ce ne soit pour supporter sa compagnie.

« … un agréable voyage. »

Elle était vieille et puis après ? La belle affaire ! Elle avait lutté de toutes ses forces contre le vieillissement des chairs, dépensé des fortunes dans des crèmes, sa seule fantaisie, pour freiner l'apparition des rides ou l'affaissement des traits. Aujourd'hui encore, alors que la partie était jouée, elle s'accrochait à ces soins, garder un teint clair, un semblant de visage aimable. Sous prétexte qu'elle ne pouvait plus avoir confiance en son corps, elle n'entendait pas se priver des petits bonheurs de la vie, comme faire l'amour. Bien sûr ses seins tombaient, sa peau se fripait. Chez les hommes, le ventre se couvrait de plis flasques et les muscles avachis les faisaient ressembler aux malades qu'elle soignait autrefois à l'hôpital. Mais peu importait. Elle était plus attentive au plaisir, se concentrait sur les gestes et, pour le reste, elle fermait les yeux. Elle se rappelait l'image du père de son fils, un homme tout en force, les épaules larges et les fesses fermes. Il avait une façon de lui sourire qui la chavirait. Son amie Lucette lui disait souvent : « Tant que j'ai toute ma tête. » René, son amoureux, avait peur de perdre la vue. Colette, elle, redoutait le moment où elle devrait renoncer à la gaudriole, comme disait René. Jusqu'à son dernier souffle elle aimerait ça et, aussi longtemps qu'elle pourrait, elle continuerait. René paraissait étonné qu'elle ait toujours autant envie. Avec son air de bonne grand-mère qui attend l'été et ses petits-enfants, elle lui demandait : « Tu ne voudrais pas faire une petite sieste ? » Et sans attendre sa réponse, elle l'entraînait vers la chambre. Dans ces moments-là, elle avait deux petites rides au coin des yeux qui lui donnaient un air espiègle, celui qu'elle devait avoir quarante ans plus tôt.

Le bruit de la porte du compartiment la tire de ses pensées. Elle replie ses jambes pour laisser passer Julia et Vincent. À la dérobée, elle les observe, leur façon de s'asseoir, le sourire qu'ils s'échangent. Elle pressent une attirance mutuelle. Elle examine Muriel qui jette un regard interrogateur à Vincent. Ce ne doit pas être une marrante, pense Colette.

Julia raconte l'histoire du sourd-muet.

Colette l'écoute à moitié. L'amour avait été la grande aventure de sa vie. Ses coups de foudre avaient décidé de tout. Derrière son aspect sans fantaisie, se cachait une femme qui, dès qu'il s'agissait des sentiments, marchait à l'aveugle, s'abandonnant tout entière à son instinct et à l'emprise de ses émotions. Elle avait dû quitter précipitamment son village natal pour s'être laissé séduire par un forain de passage. Elle pouvait encore se souvenir du moindre détail de son visage, les deux marques profondes entre ses sourcils, son nez cassé, son odeur aussi. C'était curieux comme certaines choses restaient très présentes. Elle avait lu qu'on perdait en premier la mémoire immédiate, et que même chez les plus gâteux, la jeunesse ne s'effaçait pas. Et pour cause ! Comme si c'était utile de se souvenir de soi, diminué, décrépit.

— Il a fallu payer pour le billet du pauvre muet, poursuit Julia. Alors on s'est tous cotisés. Et votre mari (elle se tourne vers Muriel), il a été formidable, il a donné 20 euros. C'était mon idée, mais il a jamais voulu que je le rembourse !

Vincent sent son visage s'empourprer jusqu'à la racine de ses cheveux.

— Ah bon ? fait Muriel, d'un ton pincé. Tu as donné 20 euros…

— Il a eu raison, intervient Nicolas. Si j'avais été là, j'en aurais fait autant.

Sa phrase est accueillie par un silence que tous remarquent d'autant plus que le train est à l'arrêt.

Aude jette un regard furtif à Julia. Cette fille, à qui Nicolas n'arrête pas de sourire, ressemble à une de ces chanteuses qui font un tube puis disparaissent aussi vite. Un souvenir d'enfance se superpose : sur la piste d'un cirque où l'avaient emmenée ses parents, un chimpanzé attifé d'un chapeau, d'une robe et d'un sac à main parade au bras d'un clown. Aude se sent honteuse d'une telle association. Nicolas dirait encore qu'elle est élitiste. Pas élitiste. Non, juste exigeante. Il n'y a pas pire faute que celle du goût. Elle nous couvre d'un ridicule imparable à notre insu comme si on avait coincé sa jupe dans son collant, ou forcé d'une manière outrancière sur le rouge à lèvres. Et en plus elle a de gros mollets, pas très joli avec ses escarpins.

Julia se lève.

— Je vais fumer une cigarette, dit-elle.

Quel âge peut-elle avoir ? Trente-cinq ? Quarante ans ? se demande Colette en la suivant du regard.

Elle, à quarante ans, elle faisait tout le temps l'amour, avec ses collègues, avec des internes aussi et même parfois avec des malades. Elle s'offrait sans retenue tel un fruit bien sucré. Elle espérait que la belle femme pleine de vie qu'elle était alors continuait d'exister dans la mémoire de certains de ses amants.

14

HUIT LETTRES

— Je croyais qu'on devait faire attention au budget ! explose Muriel.

Elle s'est retenue tant que Julia était là. « Monsieur préfère jouer les généreux ! » Rien, ni le regard désapprobateur de Nicolas et Aude, ni celui étonné de Colette, ni même celui navré de Vincent, ne pourrait l'arrêter. Ce n'est pas pour les 20 euros. Elle déteste quand il se comporte ainsi. Il le sait. C'est pareil avec les jeunes qui sonnent à la porte pour vendre leurs dessins. Vincent finit toujours par en acheter un. Cette façon de soutirer de l'argent, avec des jérémiades ou pis encore avec des larmes, lui est insupportable. « T'as bientôt trente-sept ans ! » Elle voudrait le blesser comme elle se sent blessée par cette trahison. Vincent se tait. Elle devine que c'est à cause d'elle et non pour lui, qu'il a cet air gêné. « Il serait temps que tu grandisses ! »

Elle s'en prend à Julia. En entendant Vincent la défendre, elle prend conscience que c'est cette fille le vrai motif de son emportement. Elle fait remarquer que Julia voyage sans bagage, plutôt bizarre. Aude l'approuve. Mais Nicolas tente de plaider sa cause. « Tu la trouves sexy ? » raille Muriel. Aude sourit. C'est plus fort qu'elle, Muriel ne sait pas garder ce qu'elle a sur le cœur. Plusieurs fois, elle l'a engueulée. « Tu ne devrais pas accepter qu'il te traite ainsi. » Avec le temps, Aude a fini par connaître le type de femmes qui plaît à son mari. Celle-ci n'a aucune chance. Juste un réflexe, comme une femme qui vérifie dans son miroir qu'elle est bien coiffée. Il préfère les intellos, un peu froides, un peu coincées. Celles-là, Aude les redoute. Désincarnées en apparence, passionnées de cinéma et expertes dans l'analyse de leurs états d'âme, elles sont en réalité comme des feux mal éteints, toutes prêtes à s'embraser. Sous le charme de Nicolas, elles deviennent des amantes enflammées, prêtes à n'importe quelle folie. Une fois, l'une d'elles avait fait irruption en pleine nuit chez eux, sommer Nicolas de choisir…

La porte du compartiment s'ouvre brusquement.

Un homme, une valise dans une main, son billet dans l'autre, marmonne un vague « bonjour » et désigne le siège à côté de Colette. Elle pousse son sac. D'un signe de tête, il la remercie. Sort son portefeuille où il range son billet. Fait glisser la fermeture éclair de la pochette sur le devant de son bagage. En extrait un magazine de mots croisés, referme la pochette. Installe sa valise au-dessus de sa place. Puis enlève sa veste. Il marque un temps entre chaque geste. C'est sa façon de faire comprendre qu'il n'est pas intimidé par ces gens qui le fixent. Colette se présente. Il la dévisage, mais se rassure devant l'air placide de la vieille. Dit qu'il s'appelle Bruno. « Cruciverbiste ? » lance Nicolas. L'autre l'observe, acquiesce. Explique qu'il ne faut pas confondre avec le verbicruciste. L'auteur de grilles de mots croisés, précise-t-il. Il sourit.

Une forte odeur de tabac pénètre dans le compartiment en même temps que Julia. Vincent n'ose tourner la tête.

« … à la fermeture automatique des portes. »

— Vous avez regardé la Future Star hier soir ? Vous savez si Cindy a été éliminée ? demande Nicolas.

Colette ne connaît pas cette émission. Elle ne regarde que les documentaires.

— Moi, c'est ma fille qui suit ça. Le plus souvent, je rentre trop tard. À cause du boulot. On ferme à 21 heures et après j'ai plus d'une heure de transport.

Nicolas interroge Julia du regard.

— Je suis caissière dans un supermarché, à Sevran.

— Ça ne doit pas être marrant tous les jours, commente Nicolas.

Il lui parle avec douceur, cherchant une connivence, envieux de celle qu'il a remarquée avec Vincent depuis leur retour de la voiture-bar.

— J'ai toujours eu beaucoup de sympathie pour les caissières quand on voit la manière dont les clients se comportent…

Non pas qu'il cherche sérieusement à la séduire, mais il ne peut supporter l'idée que Vincent, si peu porté sur ce genre de choses, puisse lui être préféré.

Julia sourit. Ce qui constituait jusqu'alors son existence lui paraît soudain si étrange. Comme s'il s'agissait d'une autre. Une autre dont toute l'énergie, les petites victoires et les désillusions aussi, se résumaient en une longue bataille contre les chiffres… Quelle ironie, elle qui a toujours détesté ça, contrainte d'endosser le rôle de celle qui passe son temps à compter. Encaisser les achats des clients, vérifier sa caisse, le matin en la prenant, le soir en la fermant, tenir son budget dans un petit carnet… Les dépenses et les recettes. Enfin les dépenses surtout. C'est Martine qui lui a conseillé : « Tu marques la date, le motif et le montant, et chaque semaine tu fais le total. »

— Cet été, on était à Biarritz. J'ai vu, dans un hypermarché, une cliente au téléphone qui s'en prenait à la caissière parce qu'elle l'avait interrompue, en lui demandant comment elle comptait régler ! Comme disent mes étudiants, « ça craint ! »

Muriel et Aude se tournent vers elle et lèvent les yeux au ciel.

Elles vont pas s'apitoyer sur mon sort quand même ! pense Julia de plus en plus méfiante. Ça lui rappelle les séances de réconfort chez Martine avec les copines. Les trémolos sur leur courage à tout supporter, comme dans les séries télé qu'elles adorent regarder. Une vraie réunion Tupperware du malheur. Toutes accros, et vas-y, moi mon mari est encore rentré bourré ! Ah mais moi il m'a frappée ! Un vrai concours. Celui de la plus à plaindre. Et moi je me demande si mon fils ne fume pas des joints... !

— Et tellement mal payée en plus...

Il veut une petite séquence émotion le playboy ?

— À peine 850 euros par mois, net.

Elle pourrait leur raconter, ce que c'est que d'être pauvre, enfin pas pauvre comme ceux qui touchent le RMI et mangent aux restos du cœur. Non ceux juste à flot, en équilibre instable.

Nicolas lui adresse un sourire plein de sollicitude.

Eh oui, beau gosse, dans ma vie, tu passes ton temps à colmater les brèches, juste content quand la semaine se termine sans cata. Tu vis avec l'angoisse, si familière que tu la remarques même plus, t'as juste mal au dos, la crainte d'une merde qui viendra tout remettre en cause, la peur d'un coup de fil à une heure inhabituelle, le proviseur, les flics, une connerie de ta fille, ton mec qui s'est bagarré.

Elle pourrait leur raconter quand Laura s'est fait attraper par les agents de sécurité, en train de voler dans son propre magasin. L'un d'eux, un grand Noir très gentil, est venu la prévenir, « Je lui ai dit mais enfin tu peux pas piquer ailleurs ? » Et Djamel qui a voulu refaire lui-même la plomberie du pavillon. « Ça coûtera moins cher. » Le jardin transformé en champ de bataille. Une canalisation crevée par un coup de pioche malheureux. Six mois sans pouvoir aller aux toilettes du rez-de-chaussée… Ou encore la fois où elle a emplafonné la bagnole et Djamel qui avait décidé d'arnaquer l'assurance. Il l'avait garée dans une rue déserte et commencé à fracturer la portière pour faire croire à un vol. Un type était sorti d'un pavillon avec le fusil. « Putain d'Arabe ! » Djamel arrêté par les flics. « J'ai perdu les clefs de ma voiture. » Tous ces plans foireux, les idées toutes aussi nulles de son mec. Sa naïveté à le croire.

Elle pourrait aussi leur parler des bons moments, parce qu'il y en a plein aussi de bons moments, où on se marre entre copines ou avec les collègues, les fêtes, tiens les anniversaires des gamins où on se goinfre avec eux de bonbons et de coca…

Et les soirées, après les courses, quand le frigo est plein et qu'on va pouvoir s'en mettre jusque-là, et la fierté quand la gamine a tout ce qui lui faut, sans que personne se doute des sacrifices pour y arriver…

Elle pourrait leur dire tout ça, mais elle n'en a

pas envie. Pour l'instant, elle veut juste s'amuser et envoyer valser toute cette fatalité, ce mélodrame à deux balles dans lequel la maintiennent Djamel, Laura, Martine, et aussi ces trois-là.

— Le pire, c'est les petits chefs qui abusent de leur pouvoir, assène-t-elle.

Nicolas et les deux filles approuvent.

— Le gérant du magasin a instauré une règle secrète avec un chef de rayon…

Elle sent leur indignation et leur pitié toute prêtes à jaillir.

— À chaque fois qu'une caissière a un trou dans sa caisse, hop ! Elle est punie. Elle doit aller dans une salle, à l'arrière du magasin et là… Enfin vous voyez ce que je veux dire…

Ils échangent de brefs regards embarrassés. À mesure qu'elle lit, sur leur visage, le cheminement de leur pensée, un petit rictus narquois se dessine au coin de ses lèvres.

— Toutes les caissières… ? risque finalement Nicolas.

— Ah non ! Moi j'ai toujours été bonne en calcul. Ma mère disait : « Si tu sais tenir tes comptes, tu t'en sortiras dans la vie ! »

Elle éclate de rire puis lance un clin d'œil à Vincent, qui, redoutant que Muriel l'ait vu, tourne aussitôt la tête.

Dans le reflet de la fenêtre, Julia Roberts, habillée en prostituée comme dans *Pretty Woman,* lui adresse de grands gestes d'approbation.

— De toute façon, ça m'est égal maintenant, j'ai donné ma démission !

Ils devinent derrière le ton moqueur une envie de les provoquer qui les déconcerte.

— Et si vous voulez tout savoir, je viens de quitter mon mari…

Un lourd silence s'abat sur le compartiment. Seul Bruno ose le troubler. Il se lève. Redescend sa valise, rouvre sa pochette, en sort un crayon noir. Refait les mêmes gestes dans l'autre sens avant de se rasseoir. Puis pousse un grand soupir, ce qui a le don d'énerver Colette. Elle l'a pris en grippe dès son arrivée. Elle déteste les amateurs de mots croisés. À l'hôpital, c'étaient souvent les malades les plus pénibles. Ils s'emportaient dès qu'ils ne trouvaient pas une définition comme si leur guérison dépendait de leur capacité à finir leur grille. Il s'excuse. « Une définition… » Nicolas propose de l'aider. Bruno lit à haute voix : « Proche de la couronne. En sept lettres. » D'une voix hésitante, Vincent suggère « dauphin ». L'autre vérifie. Satisfait, inscrit le mot et gratifie Vincent d'un signe de la tête reconnaissant. « Pour une fois que tes bestiaires servent à quelque chose ! » Muriel n'a pu s'empêcher cette petite vengeance.

« Nu vu informons qu'oun voituba est à vot disposition milieu du trrain. Nu vu prroposons de la boisson chaude, de la boisson fraîche et tute sote de sandwichs… »

Mis en joie par cette annonce, Nicolas répète

« oun voituba » en essayant de retrouver l'intonation exacte de Singh et suggère aux trois autres d'aller déjeuner. « Huit lettres. Entre spécialistes de la table ronde ? » La voix de Bruno, perdu dans ses pensées, couvre celle de Vincent qui refuse de se joindre à eux malgré les excuses de Muriel.

— Colloque, lâche Nicolas en refermant la porte du compartiment.

15

UN DILEMME

— Y a longtemps que vous l'avez quitté, votre mari ? demande Colette à Julia, la question lui brûlait les lèvres depuis tout à l'heure.

— Ce matin, avoue-t-elle en rougissant.

C'était donc ça, cet air de fraîcheur.

Quand elle s'était séparée de Jean, le seul homme qu'elle avait failli épouser, elle s'était arrêtée au sortir de leur immeuble, ses quelques affaires sous le bras et, dans le renfoncement de la porte cochère, avait allumé une cigarette. À l'époque elle fumait encore. Elle n'en oublierait jamais la saveur si particulière. À mesure que la fumée pénétrait dans ses poumons, s'évanouissait la pesanteur des dernières semaines, laissant place à une allégresse qui lui tournait la tête. Cela lui donnerait presque envie de recommencer. Dans un reportage sur les Indiens d'Amérique du Sud, elle avait vu que les vieux, considérant qu'à leur âge, cela n'avait plus d'importance, goûtaient à toutes sortes de plaisirs dangereux, tels que le tabac ou la drogue…

— Je ne le connais pas, mais je peux vous dire que vous avez bien fait.

Le ton de Colette qui ne manifeste ni apitoiement, ni jugement, n'attend ni explication, ni justification, ramène ce qui est arrivé depuis ce matin à un fait, un simple petit fait, Julia a quitté son mari, sur lequel on ne peut revenir, du passé.

Dans sa tête aussitôt, surgissent les images de sa rencontre avec Djamel boulevard Beaumarchais. Présentes comme si tout le reste, les vingt années ensemble, avait disparu.

— De toute façon, dans le couple, il y en a toujours un de trop…

Colette se lance dans le récit de son histoire avec Jean. Elle avait vingt ans et l'avait rencontré dans un restaurant à Saint-Raphaël où elle était en vacances. Perdu dans la contemplation de son verre, il semblait indifférent à sa présence, mais le contact de sa jambe, sous la table, disait le contraire. Sa fine moustache, qui le faisait ressembler à Clark Gable, et sa mine sombre avaient fait le reste.

Julia l'écoute distraitement, cherchant à se remémorer avec le plus de détails possibles ce jour-là. Précisément. Un après-midi d'octobre.

Les feuilles jonchaient le trottoir. Fin d'après-midi en fait. Les rayons du soleil rasaient le toit des voitures. Jamais elle n'allait dans ce coin-là. Un rendez-vous pour de l'intérim. Un type l'avait croisée sur le trottoir désert. Un vague sourire échangé. Il était revenu sur ses pas, « Mademoiselle » et l'avait abordée, elle ne saura jamais pourquoi elle s'était arrêtée. Julia avait lu dans un magazine que le cerveau féminin est programmé pour juger si un homme lui convient en une poignée de secondes, juste en se fondant sur son apparence. Une poignée de secondes. Qu'est-ce qui lui avait plu pour en prendre pour vingt ans ? Sa taille. Il était grand et n'avait pas encore son ventre. Sa voix, douce et forte à la fois. Sa façon de chercher ses mots. La curiosité. Il la faisait rire.

— On s'est mis en ménage un mois plus tard, rue de Lappe, poursuit Colette.

Ils avaient prévu de se marier. Mais c'était compter sans la mère de Jean. Tous les quinze jours, elle prenait le train depuis Rueil où elle vivait. Elle débarquait sur le coup de 6 heures du soir, se tenait sur le pas de leur porte et lâchait d'une voix de petite fille : « Je suis juste venue vous faire un petit bonjour, je ne reste pas. » Jean devait parlementer un quart d'heure pour qu'elle accepte d'entrer, puis autant pour qu'elle enlève son manteau, et à nouveau pour qu'elle s'asseye. L'heure du dîner arrivait. Nouvelle discussion. La mère finissait par se rendre aux arguments du fils. Le point d'orgue était le moment d'aller dormir. Le plus souvent, Colette se couchait avant que l'issue, prévisible et prévue, ne soit arrivée à son terme. Peu après, le fils et la mère rejoignaient la chambre, où Colette avait déjà préparé le lit de camp pour Jean. Quand ils ne se livraient pas à cet épuisant rituel, Jean et sa mère passaient leur temps à se disputer. Tout était prétexte à querelles et le calme ne revenait que lorsqu'il s'agissait de négocier qu'elle reste pour le repas ou pour la nuit. La seconde précédente, hors d'eux, hurlant, ils retrouvaient alors le ton amène et gentil qui du bon fils, qui de la mère feignant de ne pas vouloir déranger. Un matin Colette avait pris la poudre d'escampette, s'était juré que jamais elle ne se marierait, ni même qu'elle se mettrait en ménage, et depuis plus de cinquante ans, elle avait tenu bon.

— Je sais bien que ce n'est pas votre problème pour l'instant. Mais profitez des occasions qui vont se présenter.

Julia approuve d'un sourire empreint de tristesse. Tout en cherchant à la réconforter, la vieille lui permet d'entrevoir une suite à laquelle elle n'avait même pas eu le temps de songer.

La vie de couple ressemble à une de ces plantes sauvages qui poussent le long des chemins de campagne, adossées aux pierres d'un muret. Coincée entre les corvées quotidiennes et les courses du samedi, Julia avait fait croître son ménage, se glissant entre les interstices des cuites et des coups de gueule de Djamel, dépérissant parfois sous l'ombre d'un pavillon qui se délabrait, les sentiments déformés, usés par cet effort opiniâtre, grandir et repartir. Une sorte d'excroissance du boulot – le même fonctionnement, la même répartition des tâches, les mêmes horaires, des collègues habitant sous le même toit –, qui, malgré tout, n'avait cessé de fleurir, sous la serre des désirs communs, avec la même obstination que ces plantes.

— Je ne vous parle pas seulement sur le plan physique…

Colette exposait les choses crûment, presque cliniquement, un souvenir de ses trente-deux années d'infirmière, puis d'infirmière-chef, au service Chirurgie générale et digestive à la Salpêtrière. Tout ce qu'elle avait appris à l'hôpital lui servait de viatique dans sa vie et elle l'appliquait avec méthode, quelles que soient les circonstances.

— … mais aussi sur le plan psychologique. La plupart des femmes passent leur temps à se sentir coupables, parfois même à regretter…

Tout était fini et Julia n'en éprouvait ni chagrin, ni regret. L'homme qui avait si complètement occupé son existence, durant les vingt dernières années, qui avait respiré son air, absorbé sa lumière, était soudain tombé comme une feuille morte. Libérée de tout ce poids, elle allait pouvoir se développer, redressée, tendue tout entière vers le soleil, désormais une belle plante…

Colette se tait un moment, jette un coup d'œil à Vincent, absorbé dans la contemplation du paysage. À côté d'elle, Bruno suce le bout de son crayon, plongé dans ses mots croisés.

— Je peux vous demander un conseil… ?

Et sans attendre la réponse, elle lui décrit sa maison près de Gourdon, dans un petit village qui s'appelle Soulzac, où elle passe les six mois d'été. « Une ancienne grange, sans véritable chauffage et pas très confortable », surtout pour une vieille comme elle. Il faudrait qu'elle fasse des travaux, mais n'a pas l'argent nécessaire. Alors l'autre moitié de l'année, elle vit à Paris dans son studio. Julia devine que tout ceci n'est qu'un préambule, pour en arriver au vrai motif. L'âge lui pèse de plus en plus et les voyages aussi. Elle marque une pause. « Nous y voilà ! » pense Julia. Sans attendre la suite, elle l'interroge :

— Mais vous préférez la ville ou la campagne ?

Colette regarde à nouveau en direction de Vincent, toujours la tête tournée vers la fenêtre. Quant à Bruno, il s'est enfoncé dans son siège, recroquevillé sur son magazine, cherchant à se faire oublier, mais sa main qui trace nerveusement des figures géométriques dans la marge trahit ses efforts pour se concentrer sur sa grille.

Elle se rapproche de Julia et baisse la voix. Ce n'est pas la question. Comme elle l'a dit tout à l'heure, elle part rejoindre son amoureux à Soulzac, mais elle en a un aussi à Paris. Surprise par cet aveu, Julia se recule légèrement pour mieux observer Colette. « Les deux sont très différents », poursuit la vieille dame, sans remarquer l'étonnement de Julia. Celui de Paris s'appelle Gilbert. Ensemble, ils vont à des expositions ou à l'opéra. « Un intellectuel. » Elle a bien détaché le mot, comme si cela donnait un sens à leur relation, tandis qu'avec René, celui du Lot, c'est plus... enfin plus physique... Julia se sent rougir.

— Vous comprenez. Je ne sais pas lequel choisir...

Julia lui prend les mains.

— Vous êtes quelqu'un d'incroyable ! Vous me rappelez ma grand-mère !

— Elle avait deux amoureux aussi ?

— Non, non, elle était amoureuse de son voisin du 6e étage. Elle passait sa matinée à se pomponner et à l'attendre. Dès qu'elle l'entendait claquer la porte de son appartement, elle sortait de chez elle et le croisait sur le palier comme si c'était par hasard. Je me souviens le mercredi, quand elle nous gardait, mon frère et moi, on restait des heures dans l'entrée, le manteau sur le dos pour être prêts quand le voisin arriverait !

— Et comment ça s'est terminé ?

— La pauvre ! Ce manège a duré des années. Et puis un jour, il s'est enfin décidé. Il s'est mis sur son trente-et-un et il est descendu, un bouquet de fleurs à la main, jusque sur le palier de ma grand-mère. Personne. C'était la première fois qu'elle n'était pas là à l'attendre. Il a sonné. Pas de réponse. Alors il a alerté la concierge qui est venue avec ses clefs. C'est lui qui a découvert ma grand-mère dans son lit. Elle était morte dans son sommeil. Je me souviens qu'à son enterrement, il n'arrêtait pas de répéter : « J'ai même pas eu le temps de lui dire... »

Colette semble fixer quelque chose dans le vague. À moins qu'elle n'ait pas entendu la fin de l'histoire...

— J'ai compris, finit-elle par dire d'un ton ferme, le ton d'un malade qui, décidé à guérir, vient de prendre une importante résolution. Je vends mon studio et je m'installe dans le Lot. Gilbert se trouvera une maison à Soulzac...

— Mais René... ?

Elle lui mettra le marché en main, comme à Gilbert. Elle leur dira qu'elle ne voit pas pourquoi elle devrait se priver de l'un ou de l'autre. S'ils l'aiment, ils comprendront.

Colette est soudain soulagée.

— C'est cela la solution. On fera ménage à trois.

— Et puis ils devront s'y faire s'ils ne veulent pas finir leur vie tout seuls..., ajoute Julia.

Colette ne bronche pas. Elle n'avait pas d'humour, ou en tout cas ne prenait pas les choses avec humour. Une plaisanterie pouvait bien sûr l'amuser et elle aimait rire mais il fallait qu'elle s'y attende, sinon elle restait de marbre.

Julia saisit le reflet du visage de Vincent dans la fenêtre.

Et avec lui, ce serait comment ?

16

CHACUN SA PARTITION

Devant l'air décontenancé du serveur, Nicolas repasse sa commande en articulant chaque mot. L'autre continue à lui sourire, sans réaction.

— Vous êtes indien ?

— Ui, répond Singh.

— Do you speak english ?

Singh opine.

— So we would like to…

Nicolas rejoint Muriel et Aude installées un peu plus loin.

— On se croirait dans un film de Kusturica ! s'enthousiasme-t-il.

Muriel a enlevé sa veste et retire un à un les cheveux restés sur le col et les épaules. Ils tombent de plus en plus ou peut-être le remarque-t-elle davantage. Depuis qu'elle a lu qu'ils ne repoussent que sept fois, se les laver est devenu un supplice, tant elle en ramasse des poignées quand elle les démêle.

Nicolas l'observe, un sourire moqueur au coin des lèvres. Il partage la même peur. La crainte d'être chauve, c'est plutôt un truc de mec, lui a-t-il dit une fois.

— Tu en fais une tête..., ironise Nicolas. Tu rumines encore cette histoire de 20 euros ?

Elle fait une grimace. Elle est convaincue qu'il s'agit d'une escroquerie. Ils étaient tous de mèche. Ça ressemble à ces diseuses de bonne aventure dans la rue qui vous volent pendant qu'elles vous lisent dans la main... Elle en veut aussi à Vincent de la mettre dans cette position. Ils sont persuadés, Nicolas en tête, qu'elle est radine. Elle sait bien que ce n'est pas vrai, mais cela la blesse à chaque fois, surtout de la part de Nicolas qui prend un malin plaisir à dresser d'elle le portrait d'une mégère. Alors elle se venge, elle en rajoute dans le côté revêche.

— Vous n'êtes pas très causantes, les filles...

Aude répond qu'avec Muriel, elles voudraient aller en première, quitte à payer un supplément. Elles en ont assez de ce compartiment de dingues, entre la vieille qui les observe en permanence et cette Julia qui se moque d'eux.

Nicolas fait une moue contrariée.

— Ce que vous pouvez être bégueules ! Elle cherche juste à sauver la face devant nous. Elle est

« grave dans la merde » ! dit-il en prenant un accent de banlieue.

— Arrête de jouer aux travailleurs sociaux ! réplique Muriel.

Aude songe à leurs discussions lorsqu'elle invite Muriel et Vincent à dîner. En fin de soirée, ils se lancent toujours dans des diatribes, tandis qu'avec Vincent, elle se replie dans la cuisine à faire la vaisselle. Tous les deux partagent le même retrait face aux événements, la même inclination à se réfugier dans leurs pensées. C'est sans doute pourquoi elle n'aurait jamais pu vivre avec lui. Dans un couple, il faut que chacun joue sa partition en rythme. Avec Vincent, leur vie aurait ressemblé à ces minutes d'avant concert où les musiciens s'accordent.

— Les galères de pauvres te dérangent ?

Muriel, comme Nicolas, met un point d'honneur à tenir la baguette. Aux yeux d'Aude, peu importe sa place dans l'orchestre, ou même son instrument, seule la mélodie a un sens, elle seule justifie les répétitions et les sacrifices. Un beau couple uni, comme un récital réussi, et plus encore tenir sa note – être la femme du professeur.

— Si elle s'épanchait réellement, tu ne le supporterais pas plus de cinq minutes…

— Je n'ai pas dit que je voulais m'en faire une amie…

— Ni que tu voulais l'aider…

Muriel éprouve un certain plaisir à ces passes d'armes. Elle se flatte d'être la seule qui ose remettre le grand homme à sa place et s'énerve de la façon dont Vincent accepte la supériorité de Nicolas, comme si cela n'avait aucune importance.

— Je dis juste qu'il ne faut pas rester figé dans sa vision des choses. Je ne juge pas, moi.

Muriel affiche un sourire goguenard.

— On dirait que tu parles d'une tribu amérindienne...

Nicolas a du mal à la supporter. Il y a des gens pour qui la maturité s'épuise à régler leur compte avec leur enfance, éternel créancier de leurs origines. Tel est le cas de Muriel. Elle le fait rire avec sa prétention à se croire une intellectuelle, alors qu'elle s'accroche au noir et au blanc comme quand on a vingt ans. Elle n'a jamais compris le plaisir qu'il peut y avoir à flirter avec des idées contraires, à jouer du paradoxe. Il se demande comment Vincent peut la supporter.

— Est-ce qu'on ne pourrait pas voyager tranquille ? supplie Aude. Allez, pour une fois, mets tes principes de côté !

La voix d'Aude est tendre. Elle aimerait qu'il lui cède juste pour se rassurer, qu'il cherche encore à lui faire plaisir sur de petits riens. Elle sait que, le jour où il ne le fera plus, elle l'aura perdu. C'est sa place dans son cœur. Les légères entorses à sa ligne de conduite. Cela ne lui coûte pas beaucoup mais il lui donne ainsi le sentiment qu'il ne le fait que pour elle seule.

— Cela te ferait vraiment plaisir ?

Elle lui caresse le bras.

— Bon d'accord, concède Nicolas. Je vais aller voir le contrôleur…

Leur conversation est interrompue par le bruit d'une altercation au bar. Un client s'emporte contre le serveur. Nicolas vole au secours de Singh.

— Cette espèce d'empoté ne comprend rien ! s'énerve Jean-Pierre. Déjà tout à l'heure, il m'a servi un thé au lieu d'un café. Et maintenant, il me regarde comme un extraterrestre parce que je lui commande un croque-monsieur !

— This man wants a toasted ham and cheese sandwich, traduit Nicolas.

Singh dodeline de la tête en signe d'acquiescement.

— Ah parce qu'il faut parler anglais pour déjeuner à bord du Paris-Toulouse ?

Nicolas adresse à Singh un sourire complice.

— Jo garajte hain, we barshte nahîn…, gros tonnerre, pas de plouie…, commente Singh philosophe.

Nicolas retourne s'asseoir. Muriel lui fait un signe de la tête : Jean-Pierre se tient derrière lui avec son croque-monsieur. Il leur demande s'il peut se joindre à eux. Sans attendre la réponse, il s'installe et se présente.

— Executive sales manager ? fait Nicolas admiratif. Mais c'est quoi la différence avec chef des ventes ?

— C'est… c'est pareil…

Nicolas s'amuse à faire parler Jean-Pierre qui s'efforce d'attirer l'attention d'Aude par quelques sourires appuyés.

— Et vous ? lui dit-il. Qu'est-ce qu'une jolie femme comme vous fait dans ce train ?

La bouche d'Aude se fronce en une grimace désagréable.

— On dirait qu'il t'a « branchée », lui glisse Nicolas à l'oreille.

Jean-Pierre se propose de leur offrir un café, « Enfin avec ce type qui ne comprend rien, ce sera un thé plutôt ! » Il est le seul à s'esclaffer. Mais Nicolas le devance et, avant que les autres aient eu le temps de réagir, il se précipite au bar. Accoudé au comptoir, il observe Aude, qui lui adresse des regards inquiets, de plus en plus gênée par les avances de Jean-Pierre.

— Voilà les thés ! fait Nicolas. Puis il ajoute en direction d'Aude : Tu veux du sucre avec, ma chérie ?

Jean-Pierre se fige. Pour chasser le silence qui s'est installé, il leur raconte l'histoire qui vient de lui arriver. Il regardait le paysage dans le couloir, quand une nana, plutôt jolie, sexy même, « le genre pas farouche » engage la conversation.

— Julia, elle s'appelait.

Nicolas arrête de tourner sa cuillère dans sa tasse.

— On sympathise, elle me fait de grands sourires et pour finir, elle me propose qu'on se retrouve un peu plus tard ici pour prendre un café. Vous ne devinerez jamais la suite. J'y vais et je l'aperçois en compagnie d'un autre homme. Elle fait semblant de ne pas me voir. Alors, moi, je ne me dégonfle pas, je me plante devant eux. Et vous ne savez pas ce qu'elle me sort ? « Je vous présente mon mari »… Y'a de ces tordues…

— Son mari ? s'étonne Muriel.

À cet instant Aude aperçoit Germinal qui traverse la voiture-bar.

— Vas-y, demande-lui pour les premières !

Nicolas se retourne et hèle Germinal.

— Pas le temps, répond le contrôleur, d'un ton sec, sans ralentir son allure. Je suis pressé…

17

La Souterraine

Il faudra absolument qu'il en reparle avec elle. Ce qu'elle lui avait dit sur le quai de la gare de Châteauroux l'avait ébranlé. Il s'était approché d'elle pour discuter du muet. Il voulait lui expliquer. Si on examinait la situation non pas à chaud, mais replacée dans son contexte, il paraissait évident que, grâce à son respect scrupuleux du règlement, il avait provoqué une situation de crise, laquelle avait suscité des réactions spontanées de solidarité, une prise de conscience collective et un début d'organisation. Elle lui avait répondu qu'elle ne comprenait rien à ce qu'il racontait, mais qu'heureusement il y avait eu des personnes sympa pour arranger le coup. « Sympa », c'était son terme exact. Ça voulait dire quoi, sympa ? Politiquement engagées ? Lucides sur leur exploitation ? Germinal ne comprenait pas bien. Trotski et les autres n'avaient pas l'air de savoir non plus. Mais ce qu'elle avait ajouté les avait encore plus déroutés. Sur un ton moqueur, elle avait lancé que les 80 euros auraient été mieux dans la poche du sourd-muet que dans celle de la SNCF. C'est vrai qu'il n'avait pas pensé à cela. « Que faire ? » avait dit Trotski. Ah non, ça, c'est Lénine. Donner l'argent au muet ? s'était demandé Germinal. « La charité ne fait que conforter le système » (Durruti). Mais alors quoi ?

Il avait décidé qu'au prochain arrêt, il poserait la question à la fille.

Après Châteauroux, il ne lui restera que les cinq voitures de tête, de la 6 à la 1. Mais à peine il aura commencé à poinçonner les billets, qu'il s'arrêtera, le regard fixe, sa pince en suspens, il comprendra qu'il ne peut plus attendre. Il rendra son titre de transport à un vieux monsieur, bredouillera une vague excuse et remontera tout le train, jusqu'à ce qu'il la trouve, sans se laisser arrêter ni distraire par aucun voyageur.

— Mademoiselle, est-ce que... je pourrais vous... parler un moment, seul à seul... ?

Il l'emmènera à l'écart en queue du train et la priera d'entrer dans un compartiment vide.

— Désolé de... de... de vous déranger, mais il fallait que... que je vousdemandequelquechose..., lui dira-t-il.

Il tentera à nouveau de la convaincre du sens de son combat.

— Ça me fait penser à mon mariage… Enfin je veux dire à mon mariage raté ! répondra-t-elle dans un grand éclat de rire. Avec Djamel, nous avions rendez-vous à la mairie de Châtillon à midi. Il avait enterré sa vie de garçon la veille avec son frère et dormi chez lui. Le matin en s'habillant, il se rend compte qu'il a perdu tous ses papiers, en particulier sa carte de résidence. En désespoir de cause, il décide d'aller au commissariat faire une déclaration de perte. Il espère qu'avec ce papier, on voudra bien nous marier quand même. Mais cette andouille, tellement mortifié d'avoir perdu sa carte, au lieu de me passer un coup de fil pour me prévenir, file sans rien dire au commissariat. Arrivé là-bas, il tombe sur un flic de service qui se met à lui expliquer tout en détail, la déclaration de perte n'est valable qu'un mois, il devra aller à la préfecture d'ici là pour se faire refaire sa carte, il lui faudra ceci et cela… Bref, il lui récite tout le règlement. Djamel voit l'heure qui tourne, il s'impatiente. Mais l'autre ne veut rien savoir. Il continue à lui détailler toutes les attestations nécessaires… Djamel lui demande d'accélérer vu qu'il doit se marier dans moins d'une heure. C'est comme s'il l'avait relancé ! L'autre se met à lui réciter toutes les formalités à entreprendre après son mariage. Djamel commence franchement à s'énerver. Le ton monte. Le flic prend la mouche et décide d'arrêter Djamel pour outrage à agent de la force publique passible de six mois d'emprisonnement et de je ne sais plus combien de milliers de francs d'amende. Pendant ce temps-là, j'étais à la mairie morte d'inquiétude, et ma mère qui me disait qu'il avait peut-être changé d'avis et n'avait pas osé me le dire…

— Vous… vous… vous me comparez… vous me comparez à un flic ?

Elle lui dira qu'il pouvait fermer les yeux sur ce pauvre muet, en tout cas qu'il aurait dû faire payer celui qui l'avait empêché de descendre…

— Mais… mais je ne pouvais pas, protestera-t-il. Le règlement prévoit que… que chaque voyageur dans le train soit munidesontitrede transport…

Elle trouvera que le règlement est mal fait et, moqueuse, ajoutera qu'heureusement il n'a pas le droit d'exiger ses papiers, sinon le pauvre aurait sans doute été reconduit à la frontière…

Germinal esquissera une moue penaude.

— Nous… nous sommes ass… assermentés et a… a… agréés… Tout voyageur doit me présenter ses… ses papiers, si jeluidemande…

— Il l'a échappé belle ! ironisera Julia. Il vous manque plus qu'une arme !

— Un flic ! se lamentera Germinal.

— Oui, bon enfin… Faut pas vous vexer…

Les propos de Julia le troubleront tellement

qu'il ne réagira même pas quand le train ralentira et entrera en gare.

— On est où là ? dira Julia.

— Merde ! hurlera-t-il en détalant.

18

Mamounette

— Viens. On va chercher ta maman.

Julia l'a croisé, pleurant près des toilettes. Arrivé à l'autre bout de la voiture, le petit garçon se précipite vers une passagère. Trois autres enfants sont assis à ses côtés. Elle paraît épuisée et débordée.

— C'est bizarre..., dit-elle. J'ai l'impression de vous avoir déjà vue...

— Je ne crois pas, répond Julia en la dévisageant à son tour. Cela m'arrive souvent que l'on me prenne pour une autre...

« Nous venons de nous arrêter à La Souterraine. La Souterraine. Nous sommes restés en gare deux minutes. Il y avait également une correspondance pour Guéret. La SNCF vous prie de l'excuser pour la gêne occasionnée par cette annonce tardive... »

Julia s'assied sur l'accoudoir. Elle devine que la femme a besoin de se changer les idées et elle l'écoute volontiers. Rien vraiment n'a d'importance ou plutôt tout est si important qu'elle ne veut passer à côté de rien. Le sentiment grisant d'être en apesanteur. Normalement à cette heure, elle est rivée à sa caisse, ou en rayon à vider les cartons.

L'autre ne se fait pas prier. Elle lui explique que son mari est à la voiture-bar avec des clients, il a tellement de boulot que, même pendant le voyage, il bosse. Ils viennent de passer une semaine à Paris, pour son travail. Elle s'attarde sur les détails qui graveront dans la mémoire familiale le souvenir de cette visite, le tour de grande roue aux Tuileries, les jeunes en rollers près de Bastille et aussi le moment dramatique, les gamins qui ont failli se faire écraser par un bus en traversant le couloir réservé.

Julia rit. Sans réfléchir, elle lui parle d'un type qui l'a abordée dans le train et lui a raconté la même histoire. Pour la distraire un peu, elle lui décrit le gars, son halo de bronzage, ses cheveux coupés court, et, pour faire branché, l'oreillette du portable bien en évidence. Elle n'est pas sûre que, même à Brive où il habite, ce genre de dragueur ait encore beaucoup de succès…

— À Brive… ? interrompt l'autre. Il vous a dit son nom… ?

Loin de l'amuser, le récit a provoqué chez elle

une inquiétude grandissante. Julia ne connaît que son prénom, Jean-Pierre.

La femme blêmit.

— C'est mon mari !

Elle tourne la tête vers la fenêtre, pour que ses enfants ne voient pas les larmes monter. Julia se penche vers elle, elle a dû mal comprendre, elle s'est trompée… La femme pleure en silence. Julia sort un mouchoir en papier de son sac et le lui tend.

— Le salaud… Le salaud…, lâche-t-elle à voix basse.

L'aîné sursaute et se tourne vers les autres. « Mamounette, elle a dit un gros mot ! »

Les deux femmes s'éloignent de quelques sièges.

— J'espérais qu'avec la famille, les responsabilités, tout ça, il changerait…

La femme se lance dans le récit des infidélités de son mari, dévoilant sans retenue son intimité. Elle lui décrit les aventures de passage, les mensonges qu'il ne prend même plus la peine de rendre plausibles et qu'elle feint de croire, les préservatifs planqués dans une poche de son sac de sport qu'elle recompte à son insu après chacune de ses sorties. Toute cette petitesse dont elle ne s'épargne aucun détail. Quand on épouse un type comme Jean-Pierre, on a forcément une part de responsabilité dans ce qui arrive. Elle avait cru qu'elle parviendrait à le rendre fidèle. C'était même l'ampleur de ce défi qui l'avait poussée. Elle n'avait pu supporter cet échec. Elle voulait malgré tout avoir une place à part, qu'aucun de ces coups d'un soir ne pourrait lui ravir : être la mère de ses enfants.

Julia pense à Laura. Un bref accès de culpabilité l'envahit. Qui disparaît presque aussitôt. Laura est devenue au fil du temps une ennemie dans la place. Comment l'enfant qui la regardait comme si sa vie dépendait d'elle s'est-elle transformée en adolescente hostile ?

Avec Djamel, elle n'avait jamais eu l'impression d'être vraiment aimée. Laura était le fruit de cette déception amoureuse. Quand l'homme qui t'aime te voit comme une femme parmi d'autres, ta seule chance d'être unique, c'est d'avoir un gamin.

On s'habitue à se faire engueuler, ça devient un bruit de fond. On n'y prête plus attention et sans doute que Laura aussi en avait pris son parti. Un bref moment de tendresse entre deux engueulades, jamais de répit. Martine appelait ça « Les montagnes russes ». « T'as pensé à acheter mes yaourts à la fraise ? » Oui, un sourire. « T'as lavé mon teeshirt violet ? » Non, la gueule. La psychologie d'une enfant de dix ans, avec l'obstination d'une adulte. Comme ses mensonges. Tous plus gros les uns que les autres, mais avec juste ce qu'il faut de détails vraisemblables pour semer le doute. Épuisant… Laura avait été la grande histoire de sa vie… Elle aimerait croire qu'elles finiront par se retrouver.

Entre une mère et sa fille, les liens ne se dénouent pas…

— Quel beau dégueulasse ! Hein ?

La femme s'est soudain tue.

— Ça me rappelle un couple qui habitait au bout de ma rue, répond Julia. Le mari était très bricoleur et rendait service à tous. Au début son épouse en était très fière. Son homme était le type le plus populaire du quartier. Un chauffe-eau en panne ? Une fuite d'eau ? Une étagère à poser ? Hop ! Il arrivait. Mais, petit à petit, il s'est mis à s'occuper surtout des femmes seules, si vous voyez ce que je veux dire…

Un sourire amer apparaît sur le visage de l'autre.

— Alors elle lui a fait des scènes épouvantables. Mais il a continué son petit manège. Finalement un jour, pendant qu'il était à son boulot, elle est partie avec ses deux enfants.

— Moi, je ne peux pas faire ça ! C'est impossible ! commente la femme. Je le connais, il s'arrangera pour ne pas payer la pension…

— Elle n'a emmené que quelques vêtements, et… la perceuse !

La femme sursaute.

— La perceuse… ?

— Oui, la perceuse. Celle qu'il emportait chez les voisines. C'est surtout ça qui l'a rendu fou. Se retrouver privé de sa perceuse.

L'autre garde le silence pendant un long moment.

Julia lui caresse l'épaule. Comme si elle sortait d'un mauvais rêve, la femme lui avoue qu'elle ne veut pas quitter Jean-Pierre. Elle analyse sa situation, comme si elle parlait d'une autre et Julia devine qu'elle a dit tout cela des dizaines de fois à ses amies, qu'elle se le répète à chaque trahison de Jean-Pierre. « Même si je le voulais, je ne peux rien faire. » Il refuse qu'elle reprenne un travail et lui fait miroiter qu'il lui achètera la boutique de fleurs dont elle rêve. S'il le fait, il mettra le magasin à son nom. Il affirme que cela n'a aucune importance, mais tous les deux savent bien que c'est le point essentiel. Il ne la laissera pas partir.

— Il faudrait que je lui donne une bonne leçon… Pour qu'il se tienne tranquille. Je ne sais pas encore comment, mais je trouverai… Jean-Pierre n'est pas bricoleur… Il n'y a rien auquel il tienne vraiment… à part sa bite…

Le plus jeune des enfants fait tomber le journal de sa mère, la tirant de ses pensées. Julia le ramasse et le lui tend. Le visage de la femme s'illumine.

— Ça y est ! Je sais où je vous ai vue !

Elle tourne les pages avec excitation.

— Là ! Voilà ! C'est là ! triomphe-t-elle en lui montrant l'article.

Sur deux pages, s'étale la rubrique de Carola et, en grand, sa photo avant et après la séance de relooking.

— Dites, ça vous embêterait de me le signer ?

Elle lui tend un stylo. Julia s'exécute.

— Vous êtes dix fois mieux maintenant, lui glisse la femme.

19

LES PAUVRES SONT CEUX QUI DÉSIRENT BEAUCOUP

Nicolas repassa une nouvelle fois dans sa tête le texte de sa communication.

La partie s'annonçait difficile.

Depuis des années, les historiens de l'Ancien Régime étaient divisés en deux clans. Dans son maître livre, Salmon, le ponte de l'université de Toulouse, en était arrivé à la conclusion que l'adoption de la bulle Unigenitus par Louis XIV en 1713, en relançant les querelles religieuses, annonçait la chute de la monarchie. Bernier, professeur à la Sorbonne, avait pris ombrage du succès de Salmon. Dans un ouvrage tout aussi important, il avait affirmé que l'autre s'était laissé abuser par la propagande janséniste et avait démontré que la crise remontait à la grande famine de l'hiver 1709. Dès lors, la querelle avait fait rage entre les Unigenitus, que Bernier avait surnommés les « jésuites », et les hiveristes, baptisés par Salmon les « corbeaux », parce que, dans ses Mémoires, Saint-Simon rapporte que les corbeaux mouraient en plein vol tant l'hiver 1709 fut rude.

Jeune agrégé, Nicolas avait rallié les corbeaux, où il était plus facile de se faire une place. Quand on aspire à une carrière universitaire, il faut commencer par prêter allégeance : Bernier lui avait mis le pied à l'étrier, un poste à Paris. Mais pour Stanford, il lui fallait le soutien de Salmon.

Aude s'abandonnait à la lecture, la tête penchée de biais, le corps affaissé. C'était un spectacle que Nicolas se plaisait à observer. Les traits de sa femme, sous l'emprise de ses émotions, étaient aussi changeants que la surface de la mer.

Elle avait accepté sans broncher l'idée de s'installer aux États-Unis. Nicolas n'aurait pu imaginer qu'il en fût autrement. « Un défaut qui empêche les hommes d'agir, dit Bossuet, c'est de ne sentir pas de quoi ils sont capables. » Nicolas n'avait jamais douté ni de son but, ni de ses capacités à l'atteindre. Dès leur première rencontre, voilà douze ans, Aude avait su à quoi s'en tenir. Il serait un jour le chef de file de l'école historique française et était prêt à tout pour cela. Alors maintenant que s'offrait une opportunité d'y parvenir, il n'était pas question d'avoir des états d'âme. Après tout, lui aussi abandonnait ses amis.

Nicolas avait ressenti une brève pointe de mélancolie à l'idée de perdre son vieux compagnon, témoin de son parcours brillant. Vincent n'avait jamais manifesté la moindre jalousie. Au contraire, il s'émerveillait à chaque nouvelle promotion de Nicolas, tout en s'en moquant gentiment. Il était une sorte de confesseur qui donne au pénitent orgueilleux la petite tape de modestie permettant d'apprécier pleinement l'ascension.

Ces derniers mois, Nicolas avait entrepris de savantes manœuvres d'approche en direction de Salmon. Il avait fait savoir, par le biais de confrères plus ou moins neutres, qu'il accepterait de participer à un séminaire, avec des jésuites modérés. Il avait ainsi soigné son image d'homme ouvert, préférant la mesure au dogme, selon l'adage de Saint-Simon, « Fuyons la folie des extrémités qui n'ont d'issue que les abîmes ». Dans quelques articles, il avait émis des doutes, d'abord légers, telle la discussion des objections de l'autre camp, puis plus sérieux, allant jusqu'à la prise en compte desdites objections sur l'importance de la famine de 1709. Le milieu en avait beaucoup parlé mais Nicolas restait, du moins officiellement, un corbeau.

Bernier, alarmé par tous ces signes et plus encore par les rumeurs de trahison que lui avaient rapportées certains de ses disciples jaloux de Nicolas, avait redoublé d'attention. Le ralliement d'un de ses principaux lieutenants à Salmon risquait de porter un coup terrible aux corbeaux. Dans les colloques, ces derniers avaient égratigné Vincent, un proche de Nicolas – moyen efficace d'afficher leur capacité de nuisance, tout en évitant de s'en prendre directement à lui. C'était aussi la raison qui poussait Nicolas à faire inviter son ami : qu'il lui serve de paratonnerre. Il s'attendait d'ailleurs à Toulouse à un redoublement d'attaques contre Vincent.

Mais cela ne changerait rien à son plan. Demain, lors de sa communication, il avait prévu, par deux ou trois phrases bien senties, pas trop appuyées pour ne pas paraître un peu flagorneur, mais suffisamment claires pour qu'il n'y ait pas de doute possible, de rejoindre les jésuites. Le calcul était risqué et Nicolas connaissait le sort de certains renégats, rejetés par les deux camps, qui avaient fini leur carrière dans un de ces établissements de province qui n'ont d'université que le nom. Mais il n'avait pas d'alternative s'il voulait Stanford.

Il avait imaginé la tête de Vincent, quand il annoncerait son ralliement à Salmon. Il le regarderait avec l'air étonné qu'il a parfois quand les gens font quelque chose qu'il réprouve. Mais peu importait. Peu importait aussi les jésuites et les corbeaux. Il voulait obtenir au plus tôt un poste inexpugnable et constituer son propre réseau pour être celui qui inspire la crainte. Ensuite il publierait ses théories. C'était ainsi qu'avaient fait tous les grands. Duby n'avait-il pas attendu la cinquantaine pour publier tous ses ouvrages majeurs ? Le public mettait cela sur le compte de la maturité, mais c'était bien plutôt parce qu'il ne risquait plus les foudres de la communauté.

La vieille somnolait. Tous les traits des vieux se confondent. Parfois, passé un certain âge, on ne sait même plus s'il s'agit d'un homme ou d'une femme. Il repensa à ce qu'elle avait dit, son intérêt pour les documentaires. Il n'y a que les vieux pour avoir un tel respect fétichiste de la culture, pensa-t-il. Il éprouva une certaine tendresse pour Colette. Elle devait être du genre à courir les musées avec cette soif d'apprendre propre aux autodidactes, mais aussi avec cette conviction, dénuée de tout humour, que le savoir est une conquête sociale au même titre que les congés payés ou la retraite.

Selon ce que lui avaient dit les Américains, ils n'étaient plus que trois en course. Brainville était sûrement dans le coup. C'était un jésuite de longue date, que Salmon pourrait bien avoir envie de soutenir en remerciement de son indéfectible fidélité.

Nicolas méprisait Brainville, le type même du professeur d'un autre âge, maniéré et précieux, dont la conversation était émaillée d'historiettes, le plus souvent tristement égrillardes, sur la cour de Louis XIV et, avec cela, imbu de son magister, tel un gentilhomme de ses quartiers de noblesse. Nicolas mettait un point d'honneur à refuser les petits honneurs et privilèges qui faisaient les délices du vieux maître, telle la chambre dans le meilleur hôtel ou le billet de première classe que lui avaient envoyé les organisateurs du colloque. De même, il affichait un goût prononcé pour les émissions de télé-réalité et les groupes de rock, se montrait incollable sur les résultats de football et prenait un malin plaisir à glisser dans ses phrases des expressions entendues à la fac, le tout avec un détachement d'esthète qui lui valait de passer pour un original, adoré de ses étudiants et jalousé de ses collègues. De fait personne ne trouvait grâce aux yeux de Nicolas. Quand ils s'en prennent à un des leurs, les universitaires commencent soit par s'excuser, soit par s'exprimer par périphrase. Contraint comme les autres de chercher protection et appui auprès des grands maîtres, Nicolas se vengeait de cette obséquiosité forcée en refusant de telles préventions et donnait libre cours à son esprit caustique. Il avait ainsi acquis une réputation de médisance, ce dont il se montrait très fier, tant ces beaux esprits adoraient entendre dénigrer leurs confrères.

Les jambes de Julia heurtèrent celles de Colette qui ouvrit un œil.

Jolie fille, pensa Nicolas, en s'attardant sur son décolleté. Mais cette pensée ne fit que l'effleurer. Il lui était impossible d'éprouver de l'attirance pour une femme qui n'avait aucune réflexion ni aucune prise sur ce qui lui arrivait, comme le démontrait la discussion de tout à l'heure. Il pressentait chez elle ce travers naïf si répandu dans les milieux les plus défavorisés, qui n'ont, pour toute volonté de s'en sortir, que le rêve du prince charmant ou celui du ticket gagnant de loto. Un des personnages de la *Célestine* considère que « les pauvres ne sont pas ceux qui possèdent peu, mais ceux qui désirent beaucoup ». Sans comprendre que, pour sortir de sa « galère », il faudrait d'abord renoncer à ce fatalisme qu'il avait pu voir à l'œuvre durant son année d'enseignement à Aulnay. Incapables de se tenir un peu longtemps à un effort, les mômes de banlieue baissaient les bras à la moindre difficulté, et cette fatalité qu'ils contestaient volontiers, proclamant à qui voulait l'entendre qu'ils s'en sortiraient, ils étaient les premiers à l'invoquer au moindre trébuchement. C'était sans doute cela la principale différence entre elle et lui : l'affranchissement du déterminisme. Héraclite assure que « le destin d'un homme tient dans sa force de caractère ». Son destin, lui, il l'écrivait alors qu'elle le subissait. Il n'y avait pas de hasard dans tout ça. Ni dans l'échec de cette fille, ni dans sa réussite à lui. Il ne portait pas de jugement. Il éprouvait même une certaine compassion pour ces gens comme elle, englués dans une interminable répétition de ratages et d'insatisfaction. D'où son attrait pour les romans et les films misérabilistes, se délectant, sans se l'avouer, de cette longue litanie de naufrages, de cette propension au malheur, le sceau même de leur médiocrité et de sa liberté.

Tout se jouerait sans doute au dîner de clôture. Sensible à son charme, l'assistante de Salmon avait avoué à Nicolas qu'il serait à sa table, ainsi que Brainville. Cela allait être encore un de ces repas de fin de colloque, où l'on dresse le bilan des gagnants et des perdants, tout en faisant assaut de bons mots. Brainville était imbattable à ce jeu-là. La vieille école. À moins que… Une idée germa dans son esprit. Toute l'université connaissait le penchant de Brainville pour la bouteille. Nicolas s'arrangerait pour le faire boire. Il ne résisterait pas aux sollicitations, surtout s'il se sentait compris et soutenu. Nicolas l'avait déjà vu à l'œuvre. Quand Brainville en arrivait à Bossuet, « le vin a le pouvoir d'emplir l'âme de toute vérité, de tout savoir et philosophie », c'était le signe qu'il était mûr. Deux, trois allusions un peu graveleuses et l'autre partirait au quart de tour. Avec un peu de chance, il se lancerait dans le récit des amours du roi avec la Montespan, son morceau de bravoure, qu'il se délectait à raconter à ses étudiantes de première année pour les plonger dans l'embarras. Rien de tel pour le déconsidérer définitivement aux yeux de Salmon. Il faudrait que, sous couvert d'indulgence bienveillante envers le vieil ivrogne, il fasse sentir combien Brainville n'était plus que l'ombre de lui-même… Un sacré bon plan de bataille ! se réjouit Nicolas en se frottant les mains.

Il croisa le regard de Vincent.

Il sourit de l'indécrottable candeur dont faisait preuve une fois de plus son ami en se laissant embringuer dans les délires de cette fille. Il avait « le défaut de se laisser attendrir comme un niais… », avait écrit Stendhal. Cela lui avait déjà coûté 20 euros et une colère de Muriel. Dieu sait où cela risquait de l'entraîner…

20

A STAR IS BORN

Elle imagine la tête de Laura quand elle saura. Ta mère a signé un autographe ! C'est quoi ce délire ? N'importe quoi ! À son âge ! Julia sourit. « T'as pris mon tee-shirt à paillettes ? » Laura ne peut pas le croire. On lui voit le nombril. Julia s'amuse et lui fait remarquer qu'elle ne se gêne pas pour se servir dans sa garde-robe, Laura ne voit pas le rapport. Elle se tient devant elle, l'air sévère, celui de la mère qui réprimande une bêtise, et Julia se sent comme une fille prise en faute. Elle sourit. Si facile d'échanger leur rôle. Elle ôte le tee-shirt et saisit le rictus narquois de Laura sur son ventre. Depuis des années déjà que sa fille s'habille de façon provocante et fait semblant de ne pas comprendre les yeux de loup des types de son âge. « Les seins à l'air » comme lui dit son père et les jupes si courtes et le maquillage maladroit. Une manière sans doute de ne pas lui ressembler… Et pourtant, elle discerne à travers son ton dur, cette morale à fleur de mots qui surgit dès qu'il s'agit de juger sa mère ou une copine, que Laura n'est pas différente d'elle. Elle a déjà intégré l'idée que plus tard, elle aussi devra se couper les cheveux et mettre des pantalons confortables… La même pente. Julia voudrait lui dire qu'elle a le temps, qu'elle n'est pas obligée… La conseiller. Lui donner l'envie de se réjouir. Sa petite fille…

Elle croise dans le couloir un type qui se retourne. Elle manque se casser la figure, à cause des escarpins. « Ça va, mademoiselle ? » Mademoiselle ! Elle fait oui de la tête, tout va bien. L'autre s'éloigne à regret. Tu te la pètes un peu non ? Elle a le sentiment d'avoir la grâce. C'est à cause de ses vêtements neufs. À cause de ça aussi qu'ils la remarquent. Carola les avait choisis pour elle, c'est son métier, elle sait ce qui va aux gens. Pas de risque d'erreurs, comme quand on craque pour une fringue dont on se rend compte dès la première fois qu'on la met qu'elle ne nous va pas. Elle marche bien cambrée, la tête droite, elle se déhanche, presque un peu trop. Elle prend de l'assurance, comme si ces vêtements, coupés à la perfection, le tombé du tissu, sa douceur aussi, la mettaient en valeur et lui donnaient une silhouette aux formes toutes neuves. Elle se découvre des charmes qu'elle ignorait, des courbes douces, parfaites. De toutes les régions de son corps, monte une énergie qu'elle ne se connaît pas. Son habituelle fatigue s'est envolée.

Elle s'habitue à leurs regards, enfin non, elle ne s'y habitue pas, elle les attend. Elle s'efforce de paraître lointaine, mais chaque tête qui se tourne sur son passage, chaque homme qui la suit des yeux lui provoquent une petite décharge le long du dos.

Et si tout ça n'était pas vraiment réel ? Sa vieille habitude de craindre les retours de bâton, il n'y a pas de plaisir, même petit, sans tuile en contrepartie. C'est vrai quoi, dans le train, on est différent, le dépaysement, le voyage, tout ça. Peut-être que Colette au quotidien est une mémé bien chiante qui joue à l'amoureuse durant le trajet ? Peut-être que l'autre, Nicolas, est un petit prof sans importance qui se fait passer pour un grand manitou ? Une parenthèse quoi. Comme elle. Elle a laissé sur le quai la caissière qui a perdu son boulot, elle retrouvera à Toulouse les emmerdes, les problèmes de fric, mais là, elle est Julia, la fille sur laquelle les passagers se retournent. Il y a sa photo dans le journal non ? Et si pour une fois, il n'y avait pas de prix à payer ?

Elle a une énorme faim d'être aimée. Par ce Vincent peut-être ? Non ! Enfin oui... Elle n'en sait rien. De toute façon, il est marié. Et alors ?... Pas le même milieu... Et alors ?... Un intellectuel, quelqu'un de cultivé... Et quoi ? Il avait plutôt l'air ravi que tu l'appelles mon mari et que tu lui tiennes le bras... Il faudrait qu'elle se lance, il n'a pas l'air d'être le genre à faire le premier pas. Elle n'a pas encore assez confiance en elle. Elle a peur de passer pour une allumeuse. Mais un type dans son genre, enfin s'il y avait quelque chose entre eux, te pousse à être différente. C'est sûr. Mais pas encore assez de culot. Des signes. Voilà ce qu'elle désire. D'autres signes que sa place est bien dans le train.

En arrivant devant le compartiment, elle aperçoit le visage des deux femmes et de Nicolas, se ravise au moment d'entrer et va rejoindre les choristes.

La voiture ressemble maintenant à une grande loge. Des habits de scène, rangés dans des housses, pendent aux poignées des fenêtres. Sur des tablettes, s'étalent des produits de maquillage. Un peu à l'écart, plusieurs se reposent, un masque sur le visage, comme ceux qu'on distribue dans les avions pour dormir. D'autres s'isolent dans la musique, les écouteurs sur les oreilles. Gheorje, le sourd-muet, qui semble pétrifié sur son siège depuis qu'elles l'ont installé là, les observe d'un air absent. De temps à autre, en passant, l'une d'entre elles lui glisse un mot de réconfort puis s'en va, déroutée par ce silence et plus encore par l'intensité de son regard.

Une choriste explique à Julia que Dick, dont personne ne connaît le vrai prénom précise-t-elle à voix basse, choisit les chansons. Tout le répertoire de Johnny ou presque, c'est son idole...

Dick s'approche et fixe Julia dans les yeux. « Hé, regarde un peu, celle qui vient/C'est la plus belle de tout le quartier/Et mon plus grand désir c'est de lui parler... »

— Oh non ! Pitié !

— « Cette fille là, mon vieux/Elle est terrible... » C'est autre chose que cette vieille tapette de Cloclo... J'ai pas raison, mademoiselle ? Vous vous souvenez de sa façon de danser ? On aurait dit un cours d'aérobic pour mémère ! Et je vous parle pas des paroles de ses chansons.

Le portable de Julia vibre.

— Tiens « Le téléphone pleure... » Le con ! « Les mots se meurent dans l'écouteur/Le téléphone pleure... » Trop fort !

— Parce que tu trouves que « Ma religion dans son regard » c'est mieux ?

— « Ma religion dans son regard/Et on a beau dire/Que ça ne sera plus jamais pareil qu'avant/À force de le construire... »

Les choristes se bouchent les oreilles. Il se rassoit en continuant à fredonner.

Elle dévisage les filles. Au premier abord, elles se ressemblent toutes, avec leurs ongles rouges très longs et leurs cheveux remontés sur le sommet de leur tête.

— Une idée de Marlène, celle qui a fondé le groupe avec Dick, lui raconte sa voisine en lui désignant une femme, un peu plus âgée que les autres, assise trois rangées plus loin. Elle trouvait que cela nous donnait un air de chanteuse soul.

Mais en les regardant mieux, Julia remarque que chacune s'est inventé une petite touche personnelle. L'une s'est teinte en blonde platine, une autre en rousse, une autre encore s'est fait de grands cils à la wonder woman.

Julia aperçoit Jean-Pierre assis à côté de Dick.

— Tu sais ce que dit l'homme aux cinq pénis ? lâche Dick, assez fort pour être entendu par tous.

— Ce slip me va comme un gant ! s'exclament les choristes.

— Eh ! Vous me cassez mes effets !

— Et celle-là vous la connaissez ? reprend Jean-Pierre en plantant son regard dans celui de Julia. C'est deux amis qui discutent. – Si je couche avec ta femme, on sera encore ami ? demande le premier. – Non répond l'autre. – Alors on sera ennemi ? – Non ! – Alors on sera quoi ? – On sera quitte !

Les deux hommes rient bruyamment tandis que les filles poussent des cris de réprobation amusée.

Des enfants déboulent dans la travée, suivis par la femme de Jean-Pierre. Ce dernier, d'un geste, lui fait comprendre qu'il est en pleine conversation. Dépitée, elle reste un instant indécise, puis, reconnaissant Julia au milieu d'un petit groupe, la rejoint. « Catherine » se présente-t-elle et ajoute aussitôt qu'il y a un article sur Julia dans *Direct féminin*. Une choriste sort le journal de son sac.

Elles se l'arrachent. Julia a beau leur dire qu'elle n'a vu Carola qu'une seule fois, elles la pressent de questions et insistent pour avoir des conseils.

— Bon d'accord.

Un grand silence règne.

— Première chose, le chewing-gum. Vous oubliez. Carola dit que ça donne mauvais genre. Vous avez vu *Pretty Woman* ? Tant qu'elle n'est qu'une prostituée, Julia Roberts en a toujours un dans la bouche. Mais dès qu'elle devient une femme avec de la classe, fini le chewing-gum. Ça fait fille facile. »

Plusieurs le jettent aussitôt.

— Le maquillage maintenant…

« Elle était maquillée comme une star de ciné… », chantonnent les choristes.

Julia égrène les avis qu'elle invente au fur à mesure, portée par son auditoire qui l'écoute sans broncher. Leurs visages se gravent dans sa mémoire avec la même intense précision que ceux des passagers, croisés dans la zone de transit de l'aéroport de Delhi, à son retour de Thaïlande, son grand voyage, quand elle avait vingt ans avec sa cousine. Cinq heures d'attente. Elle avait parlé sans pouvoir s'arrêter de ses peines de cœur à une femme, maigre, on voyait ses os sous la peau dans l'échancrure de son corsage, son regard était doux, de petites rides autour des yeux, et sa voix lasse, un bandeau dans ses cheveux noirs, et sur les tempes, quelques-uns, blancs, que Julia fixait quand l'autre lui répondait. Jamais revue, pourtant Julia lui avait confié des choses qu'elle n'avait dites à personne, pas même à sa cousine, et accepté ses conseils comme s'il s'agissait de ceux d'une sœur. Une intimité aussi violente qu'éphémère.

Elle a envie de les embrasser toutes. Elle ne s'est pas autant amusée depuis bien longtemps. Pour un peu, elle passerait son temps à rire, une vraie simplette, heureuse d'être là, heureuse de l'avoir fait, heureuse. Avec Martine et les autres, elle tenait le rôle de la bonne fille au grand cœur, sur laquelle on pouvait compter, mais effacée, celle qui suit le mouvement et qu'on ne remarque que pour se moquer d'elle. C'est curieux comme on peut abriter au fond de soi une personne tout à fait différente de celle qu'on a été pendant des années. Elle dira à Laura de venir la voir. Elles se retrouveront. Elle a envie de fêter ça. À Toulouse, elle achètera une bouteille de champagne pour la boire avec sa cousine. « Mais je croyais que tu détestais ça », s'étonne Martine. Eh ben oui. Elle aussi ça la surprend. Elle lui envoie un SMS. « Jador le champagne… » Tant pis si Martine la prend pour une folle.

— Et ton mari ? Il a réagi comment à ton nouveau style ?

Julia fait la moue.

— Ah bon ? Pourtant il a l'air plutôt ouvert et sympa.

Elle met un certain temps avant de comprendre la méprise.

— Ah non mais lui, c'est pas mon mari…

— C'est ton amant alors ? s'exclame une autre hilare.

— Non. J'ai dit ça à cause de…, dit-elle en montrant discrètement du doigt Jean-Pierre, pour éviter de froisser Catherine.

Une choriste, un petit lézard tatoué à l'épaule, abonde dans son sens. Pendant qu'elle chantait tout à l'heure, il a commencé à l'entreprendre.

Julia lui fait de grands signes pour qu'elle se taise.

Catherine grimace « Non, laissez, j'ai l'habitude… » Soudain les traits de son visage s'illuminent.

— Ça y est ! Je sais… ! exulte-t-elle.

Elle se penche vers les autres.

— Vous voulez m'aider… ?

Les têtes choucroutées dodelinent en un même mouvement.

Elle leur glisse quelque chose à l'oreille. Des éclats de rires fusent.

— Ça ne marchera jamais ! se défend la choriste au tatouage.

Bientôt une discussion assez vive s'engage entre les deux rangées, mais toujours à voix basse. On dirait une dispute de sourds-muets.

— À moins que…, murmure Julia.

Derrière ses voisines, elle aperçoit Julia Roberts, le regard espiègle, comme dans *Erin Brockovich* quand elle s'apprête à coincer les avocats de la partie adverse.

Et sans plus d'explication, elle part à la recherche du contrôleur.

— Moi aussi, il faut que je vous parle, lui dit-il quand elle finit par le trouver.

Il avait repris là où il s'était arrêté, voiture 6. Le vieux monsieur lui avait à nouveau tendu son billet. Mais Germinal s'était arrêté encore une fois. « Vous voulez voir ma carte... » À force d'y repenser, la situation lui était apparue claire, évidente. Un grand sourire s'était dessiné sur les lèvres de Germinal. « Excusez-moi... » Il était reparti, indifférent aux appels du vieux monsieur « Vous ne m'avez pas... »

Une vraie prise de conscience. Trotski et les autres s'étaient tus. Pour la première fois depuis bien longtemps, il était seul dans sa tête. Alors la vérité avait surgi, telle une bulle d'air, coincée sous une pierre, qui remonte à la surface.

— Plus jamais je ne contrôlerai.

Julia lui sourit.

— Vous comprenez, poursuit-il, si j'ai appliqué le règlement à la lettre, c'est parce qu'en fait... j'ai jamais osé l'enfreindre...

21

LIMOGES ! LIMOGES !

Les secondes s'égrènent à la grande horloge au-dessus de l'entrée, les traits des minutes paraissent si rapprochés.

— Alors ? demande Catherine, qui vient de faire son entrée dans la voiture.

— Ils sont dans la gare, répond Julia.

Les choristes, serrées contre les fenêtres, fixent la porte du hall.

— Qu'est-ce que vous regardez ? s'étonne Dick.

Julia les observe, des hirondelles sur un fil, on dirait.

Les fumeurs grillent une cigarette en bas des marchepieds. Un cheminot renseigne un couple. Les gens et le décor, l'autre train à quai, avec la pancarte métallique blanche accrochée aux parois, indiquant en lettres bleues Clermont-Ferrand, les rayons de soleil à travers la verrière qui dessinent un carré de lumière sur le sol et le panneau où s'affiche la composition des express avec ses petits rectangles de plastique jaunes, verts, rouges, semblent si paisibles.

Julia garde le silence, le plan se déroule sans accroc. Le vieux réflexe de tout anticiper…

Phase 1 : L'appât.

Jean-Pierre avait tout de suite remarqué les coups d'œil appuyés que lui lançait la choriste au tatouage. Dès que sa femme et ses enfants avaient regagné leur place dans la voiture de queue, un regard, puis un autre, un sourire et le voilà qui engageait la conversation.

De petits rires fusaient parmi les voisines de Julia, elles n'en perdaient pas une miette.

— Vous allez tout faire rater…

Phase 2 : Le lieu et le moment.

« Mesdames et messieurs. Nous arrivons en gare de Limoges, avait annoncé Germinal, Limoges, cinq minutes d'arrêt. Bon, il y a beaucoup de correspondances, pour plein de villes des environs… Par ailleurs, en réponse à l'élan de solidarité dont ont fait preuve des passagers envers une personne sans billet, le contrôleur a décidé qu'il n'effectuera plus aucun contrôle durant le reste du voyage. »

Quelques instants plus tard, il avait rejoint la voiture 13.

— Prêt ? lui avait murmuré Julia.

Phase 3 (la plus délicate) : Le piège.

Ils avaient avancé le long de la travée, Julia interrogeant Germinal, « Pourquoi on reste ici ? », et lui s'efforçant de garder un ton naturel. « Un problème de signalisation. » Quand ils étaient passés près de Jean-Pierre et de la choriste, Julia avait haussé la voix. « On en a pour combien de temps ? »

— On va... on va rester à quai au... au moins... unevingtainedeminutes.

— Vingt minutes ?

Le feu aux joues, Germinal avait confirmé d'un hochement de tête.

La fille avait adressé un clin d'œil complice à Jean-Pierre, aussitôt, ils étaient descendus du train et avaient filé au pas de course vers la gare.

Phase 4 : L'attente.

« Dépêche ! Dépêche ! » trahissent les doigts de Julia qui s'enfoncent dans le tissu du siège et démentent son calme.

Dick s'énerve.

— Est-ce que quelqu'un va m'expliquer ce qui se passe ?

Pour calmer son impatience, Julia se dirige vers le sourd-muet auprès duquel se tient Germinal. « Ce n'est pas ici qu'il doit descendre ?... » Germinal a décidé de s'occuper de lui. Il a beaucoup réfléchi à ce que lui a dit Julia. Il va lui trouver un foyer.

Les fumeurs tirent leur dernière bouffée, puis, l'un après l'autre, grimpent dans le train.

Le chef de gare apparaît sur le quai. Germinal descend.

— On compte sur vous, l'exhorte Julia.

Les deux cheminots discutent, sans paraître se préoccuper des choristes qui les épient. L'autre fait de grands gestes, Germinal hoche la tête et remonte.

— Je lui ai expliqué qu'un voyageur avait eu un évanouissement. Mais dans huit minutes, l'Orléans-Limoges arrive. Il m'a demandé d'avancer le train sur la voie de garage un peu plus loin. Alors je lui ai assuré qu'on allait repartir…

— Encore trente secondes…, supplie Julia.

Tous les yeux surveillent alternativement la trotteuse, indifférente et inexorable, et les battants de la porte d'entrée qui s'écartent et se referment sur une femme et son chien, un vieux avec une lourde valise, puis deux jeunes et à nouveau la femme et son chien qui semble chercher quelqu'un.

— Désolé, mais je ne peux plus attendre.

D'un pas au rythme sans à-coups ni hâte, Germinal redescend, salue son collègue, très énervé, et porte son sifflet aux lèvres…

Striiiii !

À ce moment précis, la grande aiguille indique déjà douze heures quarante, près de quatre minutes de retard sur l'horaire, une jeune femme surgit du hall, un large sourire aux lèvres, au-dessus de sa tête, elle brandit un pantalon comme un trophée. Une grande clameur envahit la voiture. Agglutinées aux vitres, les choristes applaudissent leur copine qui court, bouscule le chef de gare et, sans même s'excuser, alors que le train a déjà démarré, tente de monter. La portière se rouvre. Germinal lui tend la main.

Quand elle rejoint les autres, les ovations redoublent.

— Alors ? Raconte !

On lui donne de l'eau. Elle peine à reprendre son souffle, en proie à une vive hilarité.

— Il était si excité qu'il a rien vu venir, finit-elle par expliquer. Tout a marché parfaitement. On a été dans les toilettes des hommes. Comme vous aviez annoncé plus de vingt minutes d'arrêt, dit-elle en s'adressant au contrôleur, il ne s'est pas méfié. On s'est enfermé dans une cabine. Je l'ai déshabillé…

Des exclamations retentissent.

— Il était chaud bouillant. Je l'ai fait asseoir sur la cuvette et, avant qu'il comprenne ce qui lui arrive, j'ai ramassé ses affaires, j'ai ouvert la porte et je me suis mise à cavaler…

Phase 5 : Même Dick ne peut plus s'arrêter de rire.

22

TROIS FEMMES

René serait le plus dur à convaincre. Colette en était persuadée. Soulzac était un petit village. Malgré ses efforts pour être discrète, la relation qu'elle entretenait avec Gilbert finirait par être découverte un jour. Les gens jaseraient et René risquait de souffrir de leurs médisances. Bien sûr, il y avait l'exemple de la mercière qui avait mené pendant cinquante ans une existence réglée de vieille fille solitaire. Sa vie était si régulière qu'elle faisait partie des rares personnes au sujet desquelles il n'y avait aucune rumeur. Elle ouvrait tous les jours son magasin à 9 heures, le fermait quand les cloches de l'église sonnaient midi, puis le rouvrait de 14 h 30 à 19 heures. Alors, on voyait s'éteindre les lumières de la mercerie et s'allumer celles de l'appartement audessus, jusqu'à la fin du film à la télévision, qui marquait l'heure du coucher. Le dimanche, après avoir été à la messe, elle passait le reste de la journée cloîtrée chez elle. Sa seule distraction consistait, tous les troisièmes lundis du mois, à prendre le car de 8 h 25 pour Gourdon, le chef-lieu d'arrondissement. Elle rentrait le soir par celui de 18 h 35. Mais le jour de son enterrement, les gens avaient eu la surprise de voir, au cimetière, un homme de quarante ans, qui s'était présenté comme son fils. Il leur apprit qu'en fait, chaque troisième lundi du mois, la mercière prenait le train pour Brive et se rendait chez sa mère à qui elle avait confié son enfant.

Bruno a posé ses mots croisés sur ses genoux et dort à poings fermés.

Aude l'observe tout en se laissant bercer par le rythme des essieux sur les rails. Elle a un faible pour la mélodie des Corails, à la mélancolie sourde, si différente des TGV et leur musique sans mesure, atone même. Elle est sensible aux sons, aux voix aussi. Celle de Nicolas quand il fait une conférence lui plaît énormément. Peu importe ce qu'il raconte. La plupart des autres historiens ont des timbres désagréables. Son mari, lui, parle avec une puissance douce et entêtante. Parfois on dirait une improvisation comme celle d'un saxophone de jazz. C'est exactement cela. La voix de Nicolas ressemble à un saxo dont il joue avec maestria, mêlant charme et émotion, un solo de Charlie Parker…

Vincent paraît un peu nerveux. Il change fréquemment de position, une jambe par-dessus l'autre, puis le coude appuyé sur sa cuisse, ou bien il se gratte le menton et, au bout de quelques minutes de cet incessant manège, il regarde par la fenêtre.

Il pense à elle, se dit Colette. Depuis qu'ils sont revenus de la voiture-bar, elle sent qu'il y a quelque chose entre eux. Elle ne saurait pas dire quoi, mais elle en est convaincue. Elle se rappelait un homme, il y a trente, quarante ans ? Elle dînait au restaurant avec des amis, et lui était avec une femme, la sienne sans doute, deux tables plus loin. Ils avaient passé la soirée à s'observer. Ils ne s'étaient lancé ni œillade ni sourire, mais regardés très sérieusement comme si chacun avait tenté de graver les traits de l'autre dans sa mémoire.

Elle demanderait à Gilbert de s'installer dans la région, mais pas à Soulzac. Cela créerait trop de problème. Il faudrait que cela ne soit pas trop loin pour qu'elle ne s'épuise pas en déplacement. Le plus indiqué serait sans doute Brive ou Cahors, pour éviter qu'il s'ennuie quand elle ne serait pas avec lui. Cela ne lui ferait pas trop de train. Le trajet pour Brive durait une heure, pour Cahors, moitié moins.

Il faut dire que Vincent n'allait pas du tout avec sa femme. Cela se voyait tout de suite. Enfin Colette était peut-être un peu de parti pris. Elle aurait souhaité que Julia ait rapidement une aventure après avoir quitté son mari et puis la femme de

Vincent, Muriel ? elle n'était pas sûre d'avoir retenu son prénom correctement, ne lui était pas sympathique. Son sourire fusait si vite que Colette avait tout de suite eu l'impression qu'il s'agissait d'un masque et que ses vraies pensées se dévoilaient fugitivement dans les instants où, point encore tout à fait effacé, il était comme figé sur ses traits. Colette y décelait une expression d'où toute bienveillance était absente et qui laissait entrevoir une forme de cupidité.

Qu'est-ce qu'elle a à me regarder ainsi, la vieille ? pense Muriel.

Elle a tellement de rides qu'on a du mal à imaginer la femme qu'elle a été. Elle lui rappelle sa mère, sur la fin de sa vie, quand elle allait la voir à l'hôpital. Le visage déformé par la douleur, elle ne ressemblait plus à rien, enfin plus à l'image qu'elle voulait conserver. Un tablier par-dessus sa robe, concentrée comme si elle se livrait à une tâche périlleuse, une femme qui, dans sa mémoire, se confondait avec la ménagère élégante qu'on voyait à la publicité, lui préparait son goûter, deux tartines et un bol de chocolat, sans qu'il y ait jamais une miette de pain ou une goutte de lait sur la table. Muriel l'observait cachée derrière la porte. Sa mère faisait semblant d'ignorer sa présence, reproduisait chaque jour ces gestes avec la même lenteur scrupuleuse et ne l'appelait qu'une fois les deux tartines posées près du bol, une petite cuillère de l'autre côté pour si elle voulait remuer, le couteau lavé, le pain, le beurre et la boîte de chocolat rangés – pas question d'en reprendre. Elle lui souriait tout en se frottant les mains sur son tablier. Des pattes-d'oie autour des yeux lui donnaient un air tendre et las. Le seul moment d'amour maternel dont elle ait conservé le souvenir.

En se redressant sur son siège, elle heurte le genou d'Aude qui tressaute.

Ils auraient été mieux en première, mais Aude n'en veut pas à Nicolas. C'est comme ça. Une certaine dose de fatalisme. L'essentiel était que Nicolas lui cède. Il adore voyager et ne rate jamais une occasion de lever le camp. Aude se sent mal à l'aise dès qu'elle est loin de chez elle. Elle déteste ce défilé de grands hangars sans vie, de silos à grain aux couleurs éteintes, d'usines dont les bâtiments sont recouverts d'une épaisse couche de poussière et de plâtre, avec leurs cours où gisent des camions qu'on dirait abandonnés. Tout ce décor inanimé, suspendu – les gens paraissent avoir disparu juste avant le passage du train –, lui donne l'image désagréable d'un monde sans ordre, ni élégance. Elle trouve qu'ils forment un beau couple. Elle ne peut s'empêcher d'éprouver un sentiment de fierté quand elle regarde les photos où on les voit poser ensemble. Elle n'en revient toujours pas qu'il l'ait choisie. Quand elle l'avait connu, il était déjà doté d'une solide réputation de séducteur. Elle avait été surprise qu'il s'intéresse à elle, si discrète. Anodine. Elle ne ressemblait pas aux filles qui l'attiraient. Au début, elle aurait donné n'importe quoi pour qu'il la remarque, puis plus tard, quand ils avaient commencé à sortir ensemble, pour qu'il reste avec elle le plus longtemps possible. Elle s'était par la suite persuadée qu'il existait entre eux quelque chose de particulier, de bien plus puissant que ce qui pouvait se passer avec ces filles. Elles avaient toutes le même air triomphant, la première fois, quand Nicolas les lui présentait, convaincues de partager avec lui quelque chose auquel elle n'aurait jamais accès. Elle leur souriait gentiment, elle savait très bien que leur aventure avec Nicolas, c'était leur petite minute de gloire. Au bout de quinze jours, un mois maximum, certaines venaient en larmes se confesser. Elle les consolait, parfois même elles restaient amies, tristes conquêtes abandonnées, Nicolas ne revenait jamais en arrière, mais cela non plus, elles ne le savaient pas. Tandis qu'elle, elle était toujours là. Elle était l'élue. C'était ainsi qu'elle se sentait quand Nicolas, après chaque aventure, lui faisait l'amour avec une ardeur nouvelle. Est-ce que Muriel et Vincent peuvent en dire autant ? Est-ce qu'il l'aime avec fougue, comme au premier jour ?

Aude lui adresse un bref sourire.

Il fixe l'horizon. Dans quelle rêverie est-il encore parti ? Muriel se rend compte avec tristesse qu'elle le dévisage sans affection. Autrefois, dès qu'elle posait les yeux sur lui, elle le trouvait séduisant, il lui venait des idées tendres, une forme d'abandon. Alors que maintenant elle se demande, si elle croisait Vincent par hasard, dans un endroit ou à un moment où elle ne s'attendrait pas à le voir, est-ce qu'elle le remarquerait encore ? Avant, quand il l'attendait à l'improviste, à la sortie de son travail, elle le repérait aussitôt. Sa regard était happé par le type qui se tenait appuyé contre le mur de l'immeuble d'en face. Cela fait un moment qu'il n'est pas venu. Peut-être même qu'aujourd'hui, elle partirait sans le voir. Elle regrette cette colère qui monte contre lui, et l'indifférence qui les gagne. Elle aurait voulu que tout redevienne comme au début, quand elle se sentait si perdue que seuls les bras de Vincent l'apaisaient. Une fois, l'attendant sur le quai du métro, elle priait pour qu'il arrive le plus vite possible. Les portes de la rame s'étaient ouvertes. Il était descendu, mince et élégant dans son grand manteau, dont il avait relevé le col. Et, bien qu'elle détestât la moindre marque de tendresse en public, elle s'était laissée aller, la tête en arrière, pendant qu'il l'embrassait au milieu de la foule. Le soir, dans le lit, ou bien parfois dans la journée, quand elle s'habillait ou préparait le déjeuner, il s'approchait sans bruit, posait son menton dans le creux de son épaule, lui murmurait à l'oreille des mots d'amour. Ces mots qui ne lui viennent plus désormais que par un effort de volonté. Trop de petites contrariétés, trop d'attentes aussi.

Elle l'aime toujours, ça oui, mais elle a presque

renoncé à le changer. Elle n'a même plus fait semblant de le croire quand, l'autre jour, il lui a parlé d'acheter un appartement. Elle le connaît trop pour ne pas se douter qu'il a juste voulu lui faire plaisir. Elle ne veut pas qu'il ait la carrière de Nicolas, mais tout de même qu'il trouve un bon poste. Est-ce qu'elle peut saisir ça la vieille au lieu de la fixer comme une bête curieuse ? Elle désire une vie confortable. C'est le mot. Chez elle, on était pauvre. Enfin modeste. C'était ainsi que ses parents se définissaient avec une joie morbide. Une médiocre aisance, une honnête situation. Et surtout, ne pas se faire remarquer, jamais réclamer, ni déranger, être poli mais ne pas sympathiser. En y repensant, Muriel se dit qu'il y avait quelque chose de sexuel là-dedans. Rien qu'à voir l'air de dégoût de sa mère quand, adolescente, elle avait envie d'une robe un peu trop jolie. Muriel l'avait surnommée « La Sainte Vierge ». Tout ce qui s'apparentait de près ou de loin à des élans la faisait sursauter, elle repoussait avec agacement tout geste tendre de son mari, qui la regardait comme s'il avait décroché le gros lot à la loterie. Alors Muriel n'avait eu qu'une idée en tête : être une effrontée en toute chose, ramener ses petits copains à la maison puis vivre en couple sans se marier, gagner de l'argent. Et sentir la réprobation de sa mère, et sa fierté aussi, inavouable mais certaine. Muriel en veut à Vincent de ne pas comprendre ça. Elle avait gagné faute de combattants. Sa mère était morte, son père croupissait dans un hospice. Elle aspire maintenant à jouir de sa victoire. Mais par son manque d'ambition, son désintérêt des choses matérielles, Vincent la ramène sans s'en douter vers la modestie, la nécessité de regarder à la dépense, l'absence de vie sociale.

« Mesdames et messieurs, nous arrivons en gare d'Uzerche. Uzerche, une minute d'arrêt. Concernant l'annonce précédente, je tiens à apporter une précision importante Contrairement à l'idée répandue, le métier de contrôleur ne se résume pas à l'aspect répressif. Nous avons aussi un rôle d'aide aux voyageurs en cas d'accident ou de problème. Et à titre personnel, j'ai toujours été un fervent partisan d'un train sans classes et de la gratuité des transports. Même si la gratuité doit entraîner la disparition de ma profession. »

Nicolas émet un sifflement rieur.

Colette n'avait pas la même animosité envers lui. Elle avait une certaine indulgence envers les beaux garçons, et Nicolas l'était indéniablement. Elle avait aussi un respect instinctif pour le corps enseignant, depuis l'instituteur de son village jusqu'aux grands professeurs qu'elle côtoyait à l'hôpital. C'était sans doute pour ça qu'elle aimait Gilbert, retraité de l'Éducation nationale. Quand ils étaient ensemble, elle n'arrêtait pas de le questionner, et lui, l'air paterne du maître, expliquait de sa belle voix grave.

Cependant la moue un peu hautaine de Nicolas,

même absorbé par sa lecture, ses gestes un peu trop lents pour être naturels, empreints de solennité, lui déplaisaient et pour tout dire gâtaient ses traits, telle une femme à la beauté prétentieuse. Les grands hommes ne fascinaient pas Colette. Elle pensait que tout s'équilibrait, les petites lubies et les grandes pensées, et plus l'on se développait dans un sens, plus l'on perdait dans l'autre. Gilbert par exemple, si cultivé, devenait nerveux lorsqu'il devait se rendre à une invitation. Elle y voyait la conséquence de tout ce temps passé à étudier, seul, dans son bureau. À l'heure de partir, il était saisi d'une frénésie de ménage de telle sorte qu'il arrivait toujours très en retard à son rendez-vous. Nicolas était assurément un type brillant, mais il devait rendre la vie impossible à sa femme. Elle avait le visage de quelqu'un en équilibre, souriante et triste à la fois, comme un ciel couvert où alternent éclaircies et nuages.

Aude tourne la tête pour ne plus sentir le regard de Colette. La plupart des vieux ont renoncé à tout effort. Mais elle déteste encore plus les tentatives désespérées de certaines femmes, qui s'aspergent de parfums aux fragrances si entêtantes, à la violette, à la rose, au muguet, qu'on dirait qu'elles cherchent à cacher leur déchéance sous des brassées de fleurs. Elle se promet de ne jamais lâcher. Aude aurait aimé que sa vie ressemble jusqu'au bout à quelque chose de très harmonieux. Pas une symphonie, trop ample, trop vaste, une sonate plutôt… Une ode… Elle esquisse un sourire. Elle n'a pas d'autre ambition que cette petite musique, qui aurait donné à son existence non pas un sens mais une unité…

Soudain, un train croise le leur.

Elle aimerait avoir des enfants, mais Nicolas dit que c'est trop tôt, surtout s'il a ce nouveau poste à Stanford.

Les vitres tremblent puis le calme revient.

Colette en parlerait à René dès son arrivée. Il ne serait pas difficile à persuader. Sans doute parce qu'il serait sûr qu'elle finirait par le choisir. Il faut dire qu'elle adorait qu'il lui fasse l'amour. Il réussissait à effacer les petites douleurs, les chairs flasques, la distance grandissante entre le plaisir et le corps. Plus on vieillit, plus on ruse avec lui, telle une vieille mécanique dont on connaît tous les rouages. Mais par la grâce des caresses de René, elle se retrouvait des années en arrière quand tout était encore ferme, et sans souci. Elle ressuscitait.

23

Uzerche

Il jette un œil sur la gare et les hauteurs derrière, où trône la ville. Sur le quai, un homme fait de grands gestes en direction d'un couple venu l'attendre.

L'amphi est noir de monde, les gens l'ont écouté sans broncher. Son intervention s'est achevée sous un tonnerre d'applaudissements. « Une réflexion stimulante », a dit le recteur. Le soir, il a demandé à Julia de l'accompagner au repas de fin de colloque. Muriel est souffrante. « Vous voulez bien être ma femme ? – Pardon ? » Un grand éclat de rire. « Je vous dois bien ça. » Ils ont fait une entrée remarquée, elle porte une longue robe de soirée et lui a mis le smoking qu'il a acheté pour le mariage de son frère, Muriel lui a toujours dit qu'il portait très bien le costume, ils ont été installés avec les jeunes doctorants et les maîtres de conf, tandis que Nicolas trône aux côtés des organisateurs, Julia n'a cessé d'admirer le décor et de trouver mignon Vincent dans son smoking, elle le lui a glissé dans le creux de l'oreille, elle a parlé un peu fort et cela l'a excité, mais à peine ont-ils porté un toast avec les autres convives qu'un serveur est venu le voir, le président de l'université souhaitait l'avoir à sa table. Il s'est levé avec Julia, à son bras, souriante, et ont traversé la salle sous les regards envieux…

Muriel lui tend une bouteille d'eau.

Il lui fait non de la tête et tente de rappeler sa vision, mais il en a perdu le rythme. Il a aperçu Julia quand elle est passée devant le compartiment. Il joue de malchance. Tout à l'heure, il a refusé de suivre Nicolas, Aude et Muriel, pour se retrouver seul avec elle, mais il y a eu cette discussion avec Colette, puis le contrôleur est venu chercher la jeune femme. Il a attendu son retour et les trois autres sont rentrés avant elle… Voilà maintenant qu'elle les évite.

Il ouvre son carnet avec l'espoir d'y lire le présage qu'il la reverra d'ici le terminus.

« Les sirènes sont de trois sortes. De la bouche de la première, sort un chant magnifique, d'une voix identique à celle d'une femme, la deuxième imite à la perfection la flûte et la troisième fait de même avec la cithare. Tant que dure leur chant, elles cachent leurs écailles de poissons en restant dans l'eau, car la luxure est née de l'humide, et les navigateurs ne voient que le haut de leurs corps constitué d'un buste féminin à la beauté irrésistible. Elles ont des seins au galbe parfait, une nuque et des épaules à la finesse ravissante. L'une a la peau nacrée, l'autre safranée et la dernière ébénéenne. Mais dès que les marins sont à leur portée, elles les lacèrent de leur griffe. Telles les femmes promptes à donner et reprendre leur amour… »

L'image de Julia lui revient.

Pendant la demi-heure durant laquelle il a attendu son retour, il n'a cessé de s'imaginer des histoires et s'est persuadé que, malgré toutes les amarres qu'il a jetées, son existence n'en est pas plus solide.

Chaque décision lui donne aussitôt le sentiment que, loin d'être une consolidation ou un ancrage, il s'agit en fait d'un choix dû au hasard, un autre aurait été possible, peut-être même celui exactement contraire. Mais c'est là une ruse de sa raison car ce qu'il prend pour des coups de dés, roule petite pomme, se révèle être, au bout du compte, les choix les moins révocables. À l'inverse, il ne reste rien de ses grandes décisions.

Le secret de la longévité de son couple tient sans doute au fait qu'il n'a jamais pensé vivre quelque chose d'important. Depuis dix ans qu'ils sont ensemble, il n'y a pas un mois sans qu'il se dise : « Je vais la quitter. » Comme un fruit mûr prêt à tomber de l'arbre. Mais, même si ces derniers temps elle le secoue de plus en plus, au fond, il est avec elle comme Jonas dans le ventre de la baleine, elle le protège et il peut vivre dans son monde.

Julia l'avait appelé son mari. C'était un mensonge plutôt ambigu…

La voix de Bruno rompt le silence. « Descendants de Pharamond ayant mauvaise réputation. En neuf lettres. » Du tac au tac, Nicolas lui répond : « Fainéants ». Puis il se lance dans un cours sur les Mérovingiens, « Pharamond est leur ancêtre mythique », et les Carolingiens qui les ont surnommés les rois fainéants…

« Mesdames, Messieurs votre attention, s'il vous plaît. Afin que le voyage soit le plus solidaire possible, nous prions tous ceux qui souhaitent organiser des activités de nous en faire part afin que nous en informions les passagers. D'ores et déjà, voiture 6, deux personnes cherchent des partenaires pour un tournoi de tarot. Voiture 9, M. Valence propose sur son ordinateur plusieurs films pour tous âges. Enfin le Happy Days Band, qui voyage dans notre train, donnera un minirécital dans quinze minutes, voiture 13. Ce minirécital exceptionnel aura lieu en l'honneur de Mlle Julia, également à bord de notre Teoz. Par ailleurs, le Happy Days Band vous informe qu'il se produira ce soir à Labège, salle polyvalente, à 21 heures. »

Elle est donc retournée avec les choristes. Vincent en éprouve un brin de déception. Il aurait dû rester avec elle. Non pas qu'il aime faire la fête, trop timide, mais juste pour la voir elle, souriante, rayonnante…

— Mademoiselle Julia ? Vous croyez que c'est la fille qui était là ? questionne Nicolas.

« Message personnel à l'attention de M. Vincent. Les choristes du Happy Days Band le prient de venir assister à leur mini-récital. Je répète : les choristes du Happy Days Band prient M. Vincent de venir à leur mini-récital, voiture 13. »

Dans le brouhaha, se détache la voix d'une femme, Germinal a sans doute oublié de refermer le micro : « Vous croyez qu'il va comprendre… ? »

Vincent ressemble à un poisson hors de l'eau.

— Mais c'est toi ! s'exclame Nicolas.

Vincent prend un air ahuri, alors que son cœur bat, bat à toute vitesse.

— Tu le fais exprès ? s'énerve Muriel dont la voix s'élève dans les aigus. Mlle Julia (elle prend un ton très méprisant qui blesse Vincent) t'invite à la rejoindre voiture 13 ! Sans doute qu'elle a encore besoin d'argent pour faire la fête avec le muet…

Vincent est effrayé par la scène qui s'annonce et, plus encore, bouleversé, « Julia l'attend ! ». Dans sa tête, « Julia… », « Julia… », la phrase éclate « Julia ! Julia m'attend ! », sans qu'il lui soit possible, « Julia… », d'en enrayer la déflagration… « s'intéresse à moi !… Je lui plais ! »

— Je ne suis pas le seul passager à m'appeler Vincent…

— C'est ça, prends-moi pour une idiote !

— Depuis 1946, on a donné environ 215 000 fois ce prénom, intervient Bruno, d'un ton professionnel. En France. Parce que pour les autres pays, je ne sais pas.

Tous se tournent vers lui, en un silence hostile.

— Je travaille à la mairie de Saint-André-de-Marsac, Tarn-et-Garonne, se justifie-t-il. C'est moi qui tiens le registre de l'état civil. Souvent les gens me demandent les prénoms à la mode, alors je leur donne les statistiques…

— Et vous connaissez les chiffres pour tous les prénoms ? poursuit Vincent.

— N'essaie pas de changer de sujet…, s'exaspère Muriel.

— Mais enfin, arrête ! réplique-t-il, en se risquant à élever légèrement la voix lui aussi. Même si c'était moi le Vincent en question, qu'est-ce que j'irais faire là-bas ?

Muriel se radoucit.

— N'empêche, cette femme, quel culot quand même !

Vincent s'enfonce dans son siège et arbore l'expression de la victime injustement soupçonnée, mais son esprit s'abandonne à la vision de ces retrouvailles. Il entre voiture 13, elle, au milieu des choristes. Il l'enlace sous les applaudissements…

À quoi bon rêver ? Il est coincé là. Il se voit, très digne, se levant de sa place. « Je reviens. » Aucune chance. La fureur de Muriel l'aura rattrapé avant même qu'il atteigne la porte… Il devine au tapotement enjoué de Nicolas sur l'accoudoir, combien son ami se divertit de la situation. Il hausse les épaules. Il tient la main de Julia et chante à tue-tête avec les choristes. Par instants il lui serre très fort la paume. C'est au tour de la vieille maintenant de le fixer. Qu'est-ce qu'elle veut ? Il n'a pas oublié son intervention de tout à l'heure qui l'a empêché de parler à Julia. Derrière ses lunettes, on dirait qu'elle le blâme tant elle fronce les sourcils. Non. Elle fait une sorte de mimique. Elle n'en finit pas de rouler les yeux. Vincent l'observe stupéfait. Elle lui fait signe de rejoindre Julia ! « Mais comment elle veut que je m'y prenne ? Si je sors, Muriel me tue ! » Colette lui désigne son ventre ? Nan. Nan. Ses cuisses ? Non plus. Elle agite les jambes fébrilement comme si elle avait envie de… Vincent lui sourit. Il a compris. Ça ne peut pas être aussi simple que ça. Il se plonge dans la contemplation du paysage. Julia à nouveau lui apparaît. « Nous pourrions descendre, faire semblant de rater le départ du train et nous retrouver seuls sans bagages ni rien dans une ville inconnue. Nous marcherions au hasard dans les rues, avec le sentiment d'être des passants clandestins. Tu aurais un peu froid et je t'enlacerais. Les gens nous regarderaient avec ce mélange de curiosité et d'envie qui tient les badauds quand ils voient des amoureux s'embrasser. Nous finirions par atterrir dans un de ces hôtels de province, au confort aussi prétentieux que suranné. Une fois, je ne sais plus dans quelle ville, j'étais à un de ces colloques où Nicolas s'obstine à me traîner, il y avait dans le hall trois horloges avec l'heure de New York, de Tokyo et de Londres. Je me demande pour qui cela pouvait bien avoir de l'intérêt. Je te raconte tout ça pour retarder le moment où nous serons dans la chambre, intimidés et pourtant ne désirant que cela, le moment où nous nous allongerons sur ce lit qui sent un peu le renfermé, le moment où, dans cette pièce inconnue, dont nous garderons les moindres détails en mémoire, les appliques au verre jauni en forme de corolles au-dessus de la table de nuit, les draps serrés et rêches comme s'ils se refusaient à nos corps, le traversin encombrant qui finira par terre, tout ce décor indifférent qu'il nous faudra alanguir, j'entreprendrai te déshabiller avec la trouille au ventre. Comment peut-on avoir peur d'être avec toi ? Je te parlerai très vite et sans pouvoir m'arrêter… »

Il suffirait de donner l'ordre à ses jambes de marcher jusqu'à la porte pour que tout cela existe. Mais il balance entre une frayeur intense et un désir tout aussi fort, même s'il redoute la suite, quand les choses auront commencé à prendre forme.

Il croise à nouveau le regard de Colette, agacée qu'il soit encore là.

Alors, il se lève comme un automate.

— Où tu vas ? demande Muriel inquiète.

— Aux toilettes, répond-il d'une voix blanche.

24

Un flic anarchiste

« Mesdames et messieurs, votre attention s'il vous plaît. Voici les dernières informations de notre train autogéré. M. Perrault qui descend à Souillac a deux places dans sa voiture pour Sarlat. Il suffit de vous adresser à moi, je transmettrai. Mme Birroun voiture 5, professeur d'espagnol, se propose de donner un cours de conversation. Je profite de l'occasion pour remercier Mlle Julia. Elle sait pourquoi. Il arrive que, par peur ou par zèle, on perde de vue les principes qui sont les nôtres. Il se trouve que mon père a connu autrefois une mésaventure similaire. Il travaillait comme chapelier à Barcelone. Lorsque Franco se souleva en juillet 1936, ses partisans tentèrent de s'emparer de la ville mais ils furent vaincus par les anarchistes. Cette victoire mit mon père sur la paille, car les Barcelonais ne voulaient plus porter que la casquette de l'ouvrier...

Mais ce n'est pas ça le pire. Malgré la faillite, il resta un fervent anarchiste et se retrouva mêlé à une terrible affaire de meurtre... »

— J'adore les intrigues criminelles, confesse Colette.

— Moi aussi, approuve Aude.

« Mais ceci est une autre histoire comme on dit... Remarquez, le concert du Happy Days Band n'a pas encore débuté... je pourrais peut-être... Allez ! Je vous la raconte... Donc, après la victoire sur les franquistes, le syndicat confia à mon père la tête d'une milice censée remplacer l'ancienne police. Un matin, le corps d'un homme fut découvert dans une rue. »

L'entrée dans un tunnel plonge les voitures un bref instant dans le noir et fait sursauter les auditeurs.

— Ce contrôleur a l'art de ménager le suspense, s'exclame Nicolas.

« Mon père mit toute son énergie à retrouver le coupable. Il en fit une question de principe. Sa milice était aussi capable que n'importe quelle police bourgeoise d'assurer la sécurité. Sans s'en rendre compte, tellement obnubilé par son enquête, il renoua peu à peu avec les vieilles pratiques et relâcha les voyous et les souteneurs qu'il avait fait arrêter pour disposer d'un réseau d'informateurs. Bref, il devint tout ce qu'il avait toujours détesté et ses camarades lui reprochèrent de laisser le flic prendre le pas sur le révolutionnaire. Mais il s'entêta et ses sacrifices furent récompensés. Une femme fut dénoncée. Elle s'appelait Melda. Mon père la connaissait bien. Elle était venue s'installer dans le quartier peu après l'insurrection et, dès qu'il passait dans les parages, il venait la saluer. Il aurait même aimé pousser un peu plus loin leur relation, il était célibataire à l'époque. Elle lui avoua que la victime était son mari. Vingt ans plutôt, il l'avait fait enfermer dans un couvent pour mettre la main sur l'héritage de ses parents. Libre grâce à la révolution, elle s'était précipitée à Barcelone, l'avait retrouvé et s'était vengée... Mon père ne pouvait se résoudre à l'arrêter, sachant qu'il la condamnait à une mort certaine. Et puis Melda était-elle vraiment une criminelle ? N'était-ce pas plutôt son mari, qui l'avait sacrifiée pour l'argent ? Mon père avait déjà renié ses principes, il ne voulait pas en plus perdre la femme qu'il aimait. »

Germinal marque une pause. Jamais son débit n'a été aussi fluide. C'est la première fois qu'il réussit à ordonner toute l'histoire. Son père ne lui en a jamais lâché que des bribes.

« Alors il fit ce qu'il croyait juste : il quitta Barcelone le soir même et rejoignit la France. Il laissa une lettre dans laquelle il s'accusait d'être un agent franquiste ayant commis ce crime pour semer la terreur dans la ville aux mains des anarchistes... »

Germinal devine que, loin d'être un hommage à la Révolution française, comme l'ont toujours prétendu ses parents, son prénom clamait le moment où tout s'était arrêté – c'était en avril que son père avait vu pour la dernière fois Melda, en avril qu'il avait quitté Barcelone – et aussi la promesse d'une revanche.

Alors il réalise à quel point il a été l'objet d'une lutte sourde entre sa mère cherchant à le protéger et son mari qui, secrètement, désirait voir Germinal reprendre le flambeau.

Il a passé toutes ces années à essayer d'effacer la tache paternelle… Sans doute pourquoi la peur de ne pas être à la hauteur l'a toujours empêché d'aller en Espagne. Et la même peur lui a fait vivre sa passion révolutionnaire, presque en cachette, prêt pour le grand soir sous couvert d'une existence étriquée, qui n'était rien d'autre qu'un arrangement avec son passé.

25

Dix secondes de la vie de Vincent

Sitôt sorti du compartiment, Vincent se sent faiblir. À gauche vers les toilettes ou à droite vers la voiture 13 ? Il se dirige à gauche, maudit sa lâcheté… Repart dans l'autre sens. Il peut faire demi-tour quand il veut, il imagine Julia regardant par la fenêtre, il vient se lover contre elle, l'embrasse dans le cou… Fondamentalement il sait que c'est impossible. Fondamentalement. Le mot l'impressionne, le rassure. À gauche. Il faut se décider maintenant. Déjà les gens du compartiment d'à côté l'observent. Il abandonne toute volonté, il suit ses pieds qui prennent à droite, il voudrait ralentir, mais ses jambes continuent d'avancer, il marche, telle une embarcation portée par le courant. Sa main ouvre le sas, le vacarme des rails le saisit. Quelqu'un arrive derrière lui, Vincent poursuit jusque de l'autre côté pour le laisser passer. Un panneau, « voiture 15 ». Il pourrait regarder le récital à travers la porte vitrée et tenter d'apercevoir Julia. L'idée de flirter avec la réalité le calme. Il traverse la 14 avec la même tranquillité. Les compartiments ont fait place aux sièges, il ne peut s'arrêter en plein milieu de l'allée. Il aimerait à cet instant croiser Julia ou une des choristes qui l'obligerait à rejoindre les autres… Adolescent, il avait suivi pendant des heures, avec un copain, le défilé des majorettes dans le village de ses grands-parents. Il s'en souvient comme d'une blessure, un regret que rien n'est venu éteindre. L'une d'elles à peine plus âgée qu'eux leur avait souri, les deux amis s'étaient enflammés. Ils avaient couru par les ruelles, pour dépasser le cortège et être bien en vue quand elle arrivait, ils tentaient d'attirer son attention, la fixant de toute l'intensité dont ils étaient capables, et ainsi à chaque passage… « Je crois que j'ai une touche », avait lâché son copain. Vincent était sûr que les regards de la fille étaient pour lui mais n'avait pas osé le détromper. Les majorettes s'étaient installées dans l'école communale, il avait poussé son copain à entrer, l'autre avait hésité, pas très chaud, puis avait traversé la cour pour ne pas se dégonfler… « Vous allez où, jeune homme ? » Il était revenu tout penaud, sous l'œil goguenard et admiratif de Vincent.

Saisi par l'émotion du souvenir, son corps, insensiblement, l'a conduit jusque devant la porte. Il l'ouvre. La musique résonne à fond.

« Il suffira d'une étincelle/D'un peu de jour/Pour/Allumer le feu… »

Un groupe chante à tue-tête. « Allumer le feu ». Des bras s'agitent, des hanches se balancent. Ses yeux ont à peine le temps de s'habituer, que… « Voilà le mari de Julia ! » Dans sa tête, il se cramponne à l'instant d'avant. « Super ! Vous êtes venu. » La voix de Julia l'atteint telle une caresse. « J'avais pas trop envie de vos amis… » Elle rit. Il serait prêt à trahir père et mère.

À peine s'achève le tube de Johnny, que toutes en chœur entourent Dick. Les premières notes d'une chanson se font entendre, aussitôt couvertes par de bruyantes protestations, « Non ! non ! » « Pas celle-là ». La musique s'arrête. Toutes donnent leur avis en même temps. Par moments, elles désignent du doigt Julia et Vincent.

Une pointe d'inquiétude lui prédit quelque surprise menaçante, comme dans ce restaurant, il y a longtemps, où la lumière soudain éteinte, le serveur, la famille, les clients, tous dans le coup, entonnent « Happy Birthday to you… Happy Birthday… », dans son souvenir, il prie que ce soit pour un autre, chaque table dépassée accélère les battements de son cœur, les bougies du gâteau déposé devant lui éclairent ses traits effarés et l'espace d'une seconde, avant qu'il les souffle, il peut voir la consternation de ses parents.

Dick fait une nouvelle tentative. Une masse de cheveux, roux, blonds, argentés, s'agitent en un équilibre instable. Un accord semble se dessiner mais Dick fait la sourde oreille. Elles prennent des mines suppliantes, sautillent en tapant des mains. Il finit par se laisser convaincre, sous les acclamations.

— En l'honneur de Julia, lance l'une d'elles, « Elle s'en va vivre ailleurs » de Francis Cabrel.

« Ce soir son rêve a rejoint/Le dernier wagon d'un train/Elle s'en va vivre ailleurs… »

Julia éclate de rire et lance des bises en guise de remerciement. Une choriste lui fait signe que c'est elle qui a choisi le morceau.

— Elle connaît quelqu'un/Qui va croire en son histoire/Et lui ouvrir le cœur…, chante-t-elle à pleine voix en s'approchant d'eux.

Vincent songe au violoniste tsigane dans les restaurants russes.

Julia passe son bras autour du cou de la chanteuse. Une troisième, métisse aux ongles longs et vernis, les rejoint. Elle et Julia, ignorant les paroles, accompagnent l'autre, d'un fredonnement langoureux.

— Il fera brûler des mots/Pour lui réchauffer la peau…

Il se tient droit, s'efforce de soutenir le regard de Julia. Elle lui paraît belle et terrifiante à la fois, un trop gros poisson pour lui.

Elles attaquent maintenant *Les Mots bleus,* Julia chantonne cet air chaque fois qu'elle a un coup de blues. « Elle me sourit… » Les larmes lui viennent aux yeux. Tout la touche. Les choristes se tiennent serrées les unes contre les autres, par la taille et l'on sent un frisson gagner les voyageurs.

Seul Gheorje le sourd-muet, recroquevillé sur son siège, reste étranger à tout ça. « Le pauvre ! compatit l'une d'elles, une vie sans musique. Moi je pourrais pas. » Avec sa chemise aux motifs bariolés et sa veste beige trop petite, il ressemble à un touriste qui, ayant perdu ses bagages, aurait reçu le secours d'une association humanitaire. Sans la peur qui le fait tressauter par moments – il suit chaque mouvement de Dick –, son épaisse chevelure et sa maigreur pourraient lui donner l'air séduisant d'un petit voyou ou d'un jeune homme victime de quelque sombre drame.

« Parler me semble ridicule/Je m'élance et puis je recule/Devant une phrase inutile… » À chaque secousse du train, l'épaule de Vincent touche celle de Julia, il n'essaie pas d'y résister, au contraire, il accentue un peu les mouvements pour sentir le contact de son corps, il ne sait comment agir après, mais tant qu'elle est absorbée par la musique, il n'a rien à faire, ni même à dire. « Il faudrait que je lui parle/À tout prix… »

Julia non plus n'en mène pas large. Elle chante pour garder une contenance. La dernière fois qu'elle a été aussi gênée, c'était l'année de son permis. Elle venait d'avoir vingt et un ans. En vacances près d'Arcachon, elle avait emmené sa mère en balade dans la voiture de son père. Mais en faisant demi-tour sur un chemin qui menait à la plage, elle s'était ensablée. Sa mère, partie chercher de l'aide, était revenue dix minutes plus tard, avec cinq types costauds entièrement nus. Ils séjournaient dans le village naturiste un peu plus loin. « Ces messieurs m'ont gentiment proposé de nous donner un coup de main », avait dit sa mère, essayant de garder un ton naturel. « Allez-y, enclenchez la première… » Elles avaient dû accepter de boire l'apéritif avec eux. Totalement intimidée, elle baissait les yeux mais aussitôt la vision de leur sexe la forçait à soutenir leur regard, alors que ses joues écarlates trahissaient sa gêne grandissante.

« Sans amour on n'est rien du tout », entament les choristes qui fixent Vincent et Julia. Ils sont seuls près de Dick à l'ordinateur qui leur tourne le dos. Les autres se sont insensiblement écartées et chantent maintenant derrière eux.

Elle aimerait que Vincent la tienne par la taille. L'autre con de Jean-Pierre l'aurait déjà fait lui. Mais il reste sans bouger, raide comme s'il venait d'effectuer la relève de la garde. Pourtant, s'il est là, c'est bien que… « Laisse mes mains sur tes hanhanches… »

Il ressemble un peu à Hugh Grant, enfin dans son côté timide, hésitant. « Vous êtes à votre caisse, pas dans un film à Hollywood », aboyait son responsable quand il surprenait une caissière à rêvasser. C'est drôle, il lui revient souvent des flashs du boulot. En vacances aussi, au moment où elle s'y attendait le moins, sur la plage ou quand elle se baignait, en fait dès que son esprit vagabondait.

« Embrasse-moi idiot/C'est vraiment beaucoup, beaucoup mieux que des mots… » Les choristes sont déchaînées. « Embrasse-moi idiot… »

Elle préfère plutôt le genre Clooney, mais Vincent la touche par son air si sérieux. Quand il est concentré, l'air grave, ses yeux se plissent, lui donnant un regard profond qu'elle trouve très séduisant. Elle sourit à nouveau. Des années qu'elle n'a pas eu de telles pensées. S'il voulait bien prendre sa main…

La musique s'arrête. Il hésite. « Je… – Oui… ? » Croise le regard interrogateur d'une choriste, baisse la tête. Julia pose sa main sur son bras. Il tressaille. L'impression que la voiture les observe. Une seconde, deux secondes… Elle attend, tendue tout entière vers lui. Quatre, cinq… Immobile, il lui sourit, rougit, détourne les yeux. Dix. Elle se résigne, à regret s'éloigne. Il se gratte l'épaule. Puis se tourne de l'autre côté.

26

ON S'EN FOUT DE CETTE HISTOIRE !

Colette savait comment elle l'annoncerait à René. Elle lui caresserait le visage, puis l'embrasserait. Elle verrait dans ses yeux s'allumer une petite lueur, malicieuse et juvénile. Elle commencerait de sa voix d'infirmière : « Il faut que je te dise... »

Elle faisait semblant de dormir pour mieux penser à lui.

René ne parlait pas beaucoup. Seuls quelques mots ponctuaient sa journée. Il n'était pas facile de deviner ce qu'il pensait, sauf lors de ces moments d'abandon. C'étaient des instants fragiles. Souvent même, alors qu'ils avaient fait l'amour, la lumière de la chambre allumée, il éprouvait le besoin d'éteindre pour parler à son aise. Le plaisir faisait resurgir celui qu'il gardait enfoui à l'intérieur, le gosse espiègle qui pendant des années amusait les autres par ses blagues.

Muriel pousse un gros soupir, tout en se passant nerveusement la main dans les cheveux. Elle jette un œil sur sa veste et la frotte d'un air exaspéré. Vincent est absent depuis longtemps maintenant. Enfin trop longtemps, dix minutes ? un quart d'heure ? pour être seulement aux toilettes. Pourquoi faut-il qu'il la contrarie tout le temps ?

— Vous croyez que Melda est partie avec le père du contrôleur ? s'interroge Aude.

Nicolas enveloppe Muriel d'un regard triste dans lequel elle croit deviner de la compassion. Elle en a marre de râler sans cesse. « Tu me traites comme du poisson pourri », Vincent le lui dit souvent, et ils semblent tous y être habitués. Est-ce qu'elle est vraiment acariâtre ? Une fois l'emportement passé, elle regrette. C'est pareil avec cette Julia, elle n'y peut rien, mais tout en elle l'énerve. Elle déteste son air, ses manières, sa façon de se tenir. Une vraie caricature de blonde vulgaire, avec ses cheveux longs, les siens sont courts et bruns, et sa robe légère qui laisse voir des formes débordantes et molles. Elle, au contraire, ne met que des pantalons et est toute menue, maigre se moque parfois Vincent, les fesses plates. Quand elle porte une robe, elle a toujours l'impression de flotter dedans.

— Est-ce que tu sais si Berthier a pris le même train que nous ? demande Muriel à Nicolas.

Aude lui caresse la cuisse pour la réconforter. Quand son amie a les cheveux plaqués en arrière, c'est signe d'angoisse ou de peur. Détendue, elle les ramène vers l'avant.

Colette adresse à Muriel un sourire qui se veut réconfortant, mais l'autre croit voir sa mère, qui lui glissait parfois en confidence, sur un ton très doux, avec l'air d'une Vierge de pietà, « Les femmes sont faites pour souffrir ».

Elle avait attendu en vain toute son enfance une colère, une dispute, pas même, un mot plus haut que l'autre, mais jamais rien n'était sorti. Les refus, les réprimandes, les punitions, tout était dit sur le même ton mesuré qui l'enveloppait et l'étouffait, sans qu'il lui soit possible de répliquer. Tout se mélange dans sa tête. Elle passe sa main dans ses cheveux. « Quand on les perd, ça veut dire qu'on ne sait pas ce qu'on veut, lui a dit une collègue au bureau. Je veux, cheveux. Vous comprenez ? C'est comme quand on en a plein le dos… » N'importe quoi. Ne pas se laisser envahir par l'angoisse.

— En tout cas, le père du contrôleur aurait dû lui proposer, répond Colette.

Muriel, d'un ton énervé, repose sa question.

— Enfin une chose est sûre : il n'était pas fait pour être flic ! conclut Nicolas.

— Mais on s'en fout de cette histoire !

— Écoute, réplique Nicolas d'un ton ferme. Vincent est parti aux toilettes. Peut-être qu'il est allé faire un tour. Laisse-le vivre un peu.

Puis se radoucissant, il ajoute :

— S'il n'est pas de retour dans un quart d'heure, je te promets qu'Aude et moi, on t'accompagne à sa recherche.

Muriel s'enfonce dans son siège. Elle en veut à Nicolas tout autant qu'elle lui sait gré d'avoir deviné les raisons de son inquiétude.

27

ON NE PEUT PAS LUTTER CONTRE LA FATALITÉ

C'est décidé.

Assis sur l'accoudoir d'un siège, sans que personne ne lui prête plus attention, il ne la quitte pas du regard. « J'ai tout gâché. » La phrase, telle une discipline avec laquelle il se fustigerait, n'en finit plus de résonner dans sa tête. Julia fait mine de l'ignorer depuis tout à l'heure. Elle a dû se vexer quand il n'a pas osé… Mais à la vue de l'énergie qu'elle met à chanter, à danser avec les autres, infatigable, de son bonheur évident d'être là, il sent sa volonté peu à peu renaître. Il s'encourage (lui la tenant dans ses bras), se voit devant elle, face à elle, il suffirait d'un geste (lui penchant son visage jusqu'à toucher ses lèvres), même pas, d'un mot (elle riant, abandonnée)…

Il bondit sur ses pieds. C'est décidé.

Il s'avance.

— Je voudrais vous dire…

Julia lui fait signe, d'un air souriant et désolé, que la musique couvre sa voix.

Vincent grimace, désorienté. Il se reprend. « Je… », crie-t-il. Oh et puis vas-y ! Il s'approche de son oreille. « Vous êtes très… »

Julia se recule, happée par une femme qui lui tape sur l'épaule.

— Excusez-moi, c'est au sujet de…

La femme montre le journal et parle très fort.

— Les autres m'ont dit…

Elle l'entraîne à l'écart. À contrecœur, Julia fait comprendre à Vincent qu'elle revient.

— Voilà je voudrais savoir… Carola, elle écrit qu'elle a changé la couleur de vos cheveux, parce qu'elle sentait qu'au fond vous aviez la personnalité d'une blonde. Et moi aussi, dans ma tête, je me sens blonde. Vous voyez, je suis brune, enfin châtain. Mais dans ma tête, je suis blonde. Châtain, c'est ma part masculine, mais c'est pas vraiment moi. Ça fait rigoler mon mari quand je lui explique, il me regarde comme si j'étais dingue. Et le vôtre, comment il a réagi quand il vous a vu revenir en blonde ?

— Mal…, répond distraitement Julia.

Elle voit Vincent, désœuvré, faire quelques pas dans la travée et s'arrêter devant Germinal assis aux côtés de Catherine et de ses enfants.

— C'était l'hiver… La ville était recouverte de plusieurs mètres de neige…

— Waouh ! La chance !

Vincent écoute le récit de Germinal, mais il a l'étrange impression, que tout, ses pensées, son corps, le moindre de ses atomes, sont aimantés par Julia, là-bas, toujours retenue par l'autre.

— Ah oui. C'est comme s'ils perdaient leurs repères… Une fois, j'avais essayé une perruque. Ça l'a mis dans tous ses états… Mais vous me conseillez quoi ?

Elle voudrait retourner près de lui, entendre ce qu'il avait à lui dire de si urgent. À voir son air sérieux, elle sent que peut-être…

— Excusez-moi…

Elle fait quelques pas dans sa direction. L'autre la retient d'un ton suppliant.

— Blonde ou pas… ?

— Le peuple qui meurt de faim et de froid réclame du pain et aussi la paix, car la Russie était en guerre contre les Allemands. Mais le tsar ne veut rien savoir. Il vit dans son palais bien au chaud…

— C'est quoi un tsar ? demande le plus jeune des enfants à Vincent.

Tels deux poissons pris dans les filets des pêcheurs, Julia et Vincent tentent en vain de se rapprocher. Vincent sent l'impuissance s'instiller, trop de signes contraires. Ne pas laisser la résignation… L'image de Muriel s'inquiétant de son absence lui vient à l'esprit pour la première fois. Un autre mauvais présage…

— Blonde ! lâche Julia, tournant le dos à la femme.

— Tu sais bien ! intervient Catherine. C'est le père d'Anastasia.

— Vous connaissez Anastasia ? s'étonne Germinal.

— Et mon mari ?

La question arrête Julia dans son élan.

— En blond aussi ! assène-t-elle. En blond !

Elle rit, si proche de Vincent maintenant qu'elle entend un des garçons expliquer :

— Ben oui. On a vu le dessin animé.

Le contrôleur gratte sa boucle d'oreille.

Vincent et Julia sont face à face, presque l'un contre l'autre. Il voudrait... Il crie pour couvrir le son de la chanson. « Je vous... » La musique s'achève. Sa voix résonne dans toute la voiture. Troublé, il s'arrête, puis enhardi par le rire de Julia, « Je vous... » La sonnerie d'un portable retentit. Tous machinalement cherchent le leur. Catherine décroche d'un air inquiet. « Oui c'est moi. » Le doigt sur la bouche, elle fait signe aux autres de se taire.

Les traits de Vincent se figent. On ne peut pas lutter contre la fatalité.

— Ici le commissariat de la gare de Limoges, dit une voix masculine. Nous avons arrêté dans les toilettes un individu sans papiers, ni vêtements qui affirme être votre mari...

— Sans vêtements... ? s'étonne Catherine.

— Oui, enfin, c'est-à-dire... fait le policier embarrassé, que l'individu est nu...

— Je ne comprends pas. Ça ne peut pas être mon mari. Il est dans le train avec nous...

— Il est avec vous ?

— Enfin je ne le vois pas là, à l'instant...

Elle s'arrête. Elle se tourne vers ses enfants et lance bien fort :

— Les enfants ! Est-ce que vous savez où est votre père ?

— Non, Mamounette, répond l'aîné.

— L'individu en question prétend s'appeler Jean-Pierre Verdet.

— Mais c'est le nom de mon mari !

On entend des voix à l'autre bout du fil, sans doute les policiers qui discutent avec Jean-Pierre.

— Il dit que vous avez quatre enfants, Éric, Simon, Sarah et Pauline...

— C'est exact..., fait Catherine. Mais comment pourrait-il être à Limoges ?

— Je mets le téléphone sur haut-parleur pour qu'il puisse vous parler...

— Allô, Catherine...

Le ton est celui d'un petit garçon.

— C'est toi, Jean-Pierre... ?

— Oui c'est moi... Écoute, je me suis fait attaquer... J'étais descendu acheter des bonbons pour les enfants et je me suis fait dépouiller par une bande...

Catherine esquisse un sourire.

— Monsieur le commissaire, vous m'entendez ?

— Je ne suis pas commissaire, corrige le fonctionnaire. Je suis brigadier. Brigadier Mureau. Je vous écoute, madame.

— Cet homme n'est pas mon mari !

— Vous êtes sûre ? s'étonne le policier.

— Mais Catherine, qu'est-ce que tu fais... ? entend-on glapir Jean-Pierre dans le fond.

— Il doit s'agir d'une mauvaise blague. Je ne reconnais pas sa voix !

— C'est sans doute l'émotion, plaide le policier.

— Demandez-lui la date de naissance des enfants.

— Mais qu'est-ce que tu racontes ! hurle Jean-Pierre. Je n'ai jamais pu les retenir... Tu le sais bien. Tu me le reproches assez souvent...

— Vous voyez bien que cet homme est un imposteur, réitère calmement Catherine.

À l'autre bout du fil, les choristes devinent le policier perplexe.

— Vous maintenez donc que cet individu n'est pas votre mari ?

— Arrête ! Sors-moi de là, je t'en supplie !

— Absolument. Il doit être quelque part dans le train. La dernière fois que je l'ai vu, il devait rencontrer des clients à la voiture-bar. Mon mari est directeur commercial d'un grand groupe informatique pour la région Midi-Pyrénées.

— Catherine... Je t'en supplie...

— Vu ses responsabilités, il travaille même quand il est en vacances.

— Je te promets, fini les conneries…

— C'est pour ça que je ne sais jamais où il est.

— Désolé de vous avoir dérangée, madame Verdet, se résigne le brigadier. Au revoir.

— Catheri… !

Elle raccroche fièrement sous les applaudissements.

— Ça ne change pas un homme, fredonne Dick, un homme ça vieillit…

Le visage de Catherine se ferme comme si elle imaginait déjà la tête de Jean-Pierre de retour à la maison. Elle se laisse tomber sur un siège.

Vincent s'est replié à l'autre bout de la voiture, prostré, épuisé par tous les efforts qu'il a déployés en vain, et plus encore vaincu par autant de malchance. Il sait au fond de lui qu'il sera incapable de… En le voyant, Julia le devine aussi et se sent gagnée par le désappointement. La mine attristée de Catherine lui est une diversion salutaire.

— Vous avez très bien fait, assure-t-elle, comme si elle partageait avec Catherine le besoin d'être réconfortée. Il n'est pas près d'oublier la leçon…

« Je veux chanter pour ceux-eux-eux… », entonne la chorale, d'un ton mélancolique.

L'autre fait une moue dubitative.

— Je ne sais même pas comment on va rentrer chez nous…

« Qui sont loin de chez eux/Et qui ont dans leurs yeux… »

— On habite à Allassac, à une quinzaine de kilomètres de Brive. Et je ne sais pas conduire la voiture…

À côté de Catherine, Julia Roberts hoche la tête, un petit sourire mystérieux au coin des lèvres.

« Où qu'ils aillent/Ils sont tristes à la fête… »

— C'est vrai que c'est bête…, reconnaît Julia, pensive.

28

RUM BALABUM BALABUM BAM BAM

« J'invite tous les passagers à se rendre voiture 13 ! Dépêchez-vous ! Vous allez manquer le concert de l'année ! »

Germinal aurait bien aimé que le Happy Days Band interprète aussi des chants révolutionnaires. *Bella ciao ! Ay Carmela !* « Rum balabum balabum bam bam/Donde sobra corazon/Ay Carmela, ay Carmela… » Mais Dick n'avait pas voulu. « La vraie révolution c'est le rock and roll ! » avait-il répondu.

« Concernant l'histoire de mon père, je voudrais préciser qu'il a fini sa vie en France, sans jamais renouer avec les autres républicains en exil. À leurs yeux, il était un traître. »

— Monsieur Germinal, le train ralentit…, s'étonne Julia.

Il lui fait signe de la main de ne pas le déranger.

« Il n'a jamais voulu s'expliquer, peut-être aussi avait-il peur de faire de la peine à ma mère en remuant toute cette histoire… Car il ne pouvait masquer son émotion quand il l'évoquait… »

— Mais… et l'annonce… ?

Il hésite un instant. Il voit par la fenêtre les arbres apparaître lentement, puis les premiers panneaux.

— Ah oui… l'annonce…

Alors il se redresse, et d'une voix qu'il voudrait ferme :

« Je vous informe qu'à titre exceptionnel, notre train marquera l'arrêt en gare d'Allassac pour cause d'acheminement de voyageurs… »

— C'est tout… ?

Il sourit et, comme revenu à lui, il reprend :

« Dans le cadre de ma mission d'assistance et devant la gravité et l'urgence de la situation familiale d'une passagère, j'ai pris la décision de l'autoriser à descendre à cet arrêt non prévu, afin de lui permettre de regagner son domicile. »

La gare d'Allassac est déserte à cette heure. Le train régional qui fait la liaison entre Brive et Limoges est passé depuis une heure, emportant les rares voyageurs sur le quai. Le Corail s'immobilise en exhalant un imposant soupir, qui le fait ressembler à un monstre échoué sur le rivage.

Un grand silence règne, uniquement troublé par le bruit des pas sur le gravier d'un cheminot qui, affolé, court le long du Teoz.

Une vive discussion s'engage. Germinal fait de

grands gestes, l'autre aussi, beaucoup plus saccadés. Leurs bras s'agitent, chacun semblant indiquer une direction opposée. Le cheminot finit par éclater de rire.

Catherine apparaît alors telle une princesse, entourée de ses suivantes qui portent ses bagages. Elle s'approche du contrôleur et applique sur ses joues deux baisers sonores. Puis c'est au tour des enfants. Germinal porte nerveusement sa main à sa boucle d'oreille, et finit par donner le signal du départ.

Tandis que le train reprend lentement de la vitesse, Julia et Vincent regagnent songeurs la voiture 13. Il marche derrière elle, sans un mot. Il observe ses jambes, ses hanches, et plus encore sa nuque et le mouvement des cheveux qui se sont échappés de son chignon.

Il suffirait qu'il tende la main, qu'il lui saisisse le bras et l'oblige à se retourner. Mais le souvenir cuisant de ses précédentes tentatives annihile toute résolution. Elle sent dans son dos le regard de Vincent.

Il suffirait qu'elle ralentisse un peu, ou même qu'elle fasse semblant de trébucher pour qu'il la bouscule, qu'il s'excuse, l'effleure, et qu'enfin il s'enhardisse.

Ils ont déjà presque rejoint les autres. Elle l'arrête. Elle va lui dire quelque chose. Des voyageurs arrivent en sens contraire et les contraignent à se plaquer sur le côté. Le charme est rompu, le bruit de la conversation les a éloignés.

Encore un signe du destin. Résigné, il passe devant pour lui ouvrir la porte du sas et lui cacher sa rage et son amertume mêlées – comment font les autres ? Une nouvelle goutte d'eau dans un océan d'occasions manquées, de remords et de regrets aussi, qui constitue son horizon à perte de vie. Il n'y a pas de hasard.

Elle lui sourit, mi-amusée, mi-déçue par son invincible timidité.

C'est alors que le train entre dans un tunnel.

Vincent ne saura jamais si c'est la peur ou peut-être la surprise, il a senti le corps de Julia tout contre lui – ou bien il l'a lui-même enlacée. Il la serre, tandis que les bras de la jeune femme s'accrochent à son cou.

Ils s'embrassent.

29

Une infirmière au grand cœur

L'annonce de l'arrêt inattendu à Allassac a tiré chacun de ses pensées. Dans le couloir, ils ont vu courir des passagers vers l'arrière du train. Puis le Corail s'est immobilisé. Nicolas est sorti du compartiment pour regarder à la fenêtre, et d'un ton divertissant, leur a décrit le monde sur le quai, le contrôleur qui parlait avec une femme, et les voyageurs en cercle autour d'eux. Il a aperçu Vincent au côté de Julia, mais n'en a pas soufflé mot.

— On se croirait dans un film de Tati !

Muriel s'est levée pour le rejoindre. Aude, à qui Nicolas faisait des signes pour arrêter son amie, lui a conseillé d'appeler Vincent sur son portable. Les premières notes de sa sonnerie ont retenti dans le sac au-dessus de leurs têtes.

— Il faut que j'aille voir…

Nicolas s'est moqué des inquiétudes de Muriel et a suggéré qu'il était parti boire un café. « Enfin un thé... »

Le train est reparti.

Debout, Muriel tergiverse.

— Tu m'avais promis...

Elle est toujours à suspecter qu'on lui cache la vérité, dévorée par un besoin maladif de franchise. Il y a deux femmes en elle. L'une qui voudrait se laisser conduire et l'autre qui ne fait pas confiance. Qui craint qu'on la trompe. Elle aimerait s'appuyer sur Vincent, mais il ne prend jamais l'initiative, enfin pas comme elle le souhaiterait. Elle lui en veut de se mettre dans des états pareils.

— Vous feriez mieux de l'attendre ici, lâche Colette d'une voix un peu ferme. Si vous partez à sa recherche, il risque de revenir pendant que vous n'êtes pas là.

De ces années passées à l'hôpital, elle avait gardé son attitude un peu froide, l'habitude du malheur, qui exaspérait les patients pour qui c'était le premier coup dur, leur souffrance unique, mais elle ne se démontait jamais et ramenait chacun dans le droit chemin de la volonté de s'en sortir et du respect de soi. Elle faisait très exactement montre de cette attitude envers Muriel.

D'un ton de professeur qui cherche à émoustiller la curiosité de son auditoire, Bruno prend la parole pour déclarer qu'un tiers des 15 000 personnes qui disparaissent chaque année, en France, sont atteintes d'Alzheimer.

Colette lui décoche un regard mauvais tandis que Muriel hausse les épaules. Elle n'attend qu'un mot, n'importe lequel, pour éclater. Bruno ne semble pas comprendre.

— Tout ça, c'est à cause de cette fille…, s'emporte-t-elle.

— Je vous trouve bien sévère avec elle.

Colette s'était forgé une sorte de physiologie où, confrontée aux malades, il fallait d'emblée qu'elle identifie le genre auquel elle avait affaire pour pouvoir le réconforter. Tous avaient peur, mais tous n'étaient pas également dominés par elle. L'inquiet n'avait besoin que de quelques paroles rassurantes, là où le stressé nécessitait un constant et régulier réconfort. Il suffisait au paniqué d'un bref mais ferme rabrouement pour calmer son angoisse.

« Elle va la faire exploser », pense Nicolas.

Mais à sa grande surprise, Muriel engage la conversation.

— Ah oui ? Et se comporter comme une allumeuse ou entraîner mon mari dans cette histoire de billet pour le soi-disant sourd-muet, vous trouvez ça comment ?

— Allons, allons. Ce n'est pas parce qu'on boit un café avec votre mari qu'on a des vues sur lui, poursuit Colette tout à son affaire.

La méthode est toujours la même : mettre les

pieds dans le plat, parce que parler de ce qui soucie apaise, puis tranquillement dévier la discussion.

— Qu'est-ce que vous me racontez là ? s'énerve Muriel. Je ne pensais pas à Vincent...

L'air renfrogné de Nicolas l'arrête net.

— Quand j'étais infirmière à La Pitié, j'en ai vu défiler des malades, reprend Colette, Vous savez quand ils ont peur, ils ne contrôlent plus rien. Le plus souvent, ils s'inquiètent de tout à fait autre chose que ce qu'on croyait.

Nicolas devine dans les propos de la vieille dame un moyen de changer les idées de Muriel et la relance.

— Je me souviens d'une femme qui devait se faire opérer de l'appendice. Elle faisait un scandale de tous les diables dès qu'on essayait de la préparer. Aucune infirmière n'osait l'approcher tellement elle criait fort. L'interne lui avait expliqué qu'elle risquait d'y passer si elle refusait l'opération. Mais l'autre ne voulait rien savoir. Alors je me suis assise au bord de son lit...

Muriel regagne sa place.

— Elle m'a dévisagée et m'a lancé « Qu'est-ce que tu veux, toi ? » Je me suis rapprochée et j'ai commencé par lui répéter que c'était une opération bénigne... Elle m'a ri au nez, l'air totalement buté. J'ai fini par lui demander : « Si tu me disais quel est le problème ? » Alors elle m'a jeté d'un ton hargneux : « C'est l'autre là, ta collègue, elle m'a dit qu'elle devait me raser les poils du pubis pour m'opérer. » « Bien sûr, c'est une question d'hygiène, je lui ai répondu. Pour éviter toute infection. » Elle a explosé : « Oui ben ça, c'est hors de question ! » Elle faisait le trottoir près d'un petit hôtel de la gare du Nord et aucun client ne voudrait monter si elle avait le sexe rasé comme un cul de poulet.

Nicolas et Aude s'esclaffent, tandis que Muriel ne peut retenir un sourire.

— On l'a juste rasée en haut, mais très peu. Je n'allais pas la priver de son gagne-pain. Entre professionnelles, il faut s'entraider. Et ça a été terminé. Plus de colère ni d'angoisse. Une gentillesse à toute épreuve. Elle m'a même fait livrer des fleurs à sa sortie.

« Entre professionnelles, il faut s'entraider ! » Nicolas lui fait répéter.

— Bien sûr. Elle redoutait de rester sans boulot à attendre que ses poils repoussent…

— Et elle, vous croyez que c'est quoi sa motivation ? demande presque timidement Muriel.

En un même mouvement de tête inquiet, Nicolas et Aude se tournent vers Colette.

— Oh vous savez, à mon avis, elle cherche n'importe quelle occasion de se changer les idées. Mettez-vous à sa place. Elle a perdu son boulot, elle a quitté son mari… L'histoire du billet pour le sourd-muet lui a fourni une excellente diversion…

Les traits de Muriel se détendent.

Chacun replonge dans ses pensées. Bruno risque même une définition. « Chez Corneille et chez Molière commençant par un G, en sept... » « Géronte », l'interrompt Nicolas. Bruno hoche le menton, admiratif.

Colette affiche un léger sourire de contentement. L'infirmière est satisfaite, mais l'amoureuse qui sommeille en elle, bien plus encore. Elle se félicite d'avoir pu rendre service à Julia et Vincent, persuadée qu'en empêchant Muriel de se lancer à la recherche de son mari elle a joué un rôle essentiel dans la naissance de leur aventure. Colette n'a aucun doute là-dessus. Elle l'imagine un peu ballot mais attachant, rouge comme une pivoine. Sans doute Julia a-t-elle dû faire le premier pas. Elle y songe avec envie. C'est le début qu'elle préférait, quand on n'est sûr de rien mais qu'on s'y risque malgré tout. Avec Gilbert, tout avait commencé à Beaubourg. Ils s'étaient rencontrés lors d'une exposition sur Bacon, ils avaient suivi la même conférence. Puis ils s'étaient revus à celle sur de Staël. Ils avaient laissé le groupe partir devant et Gilbert lui avait fait le commentaire des tableaux. Par la suite, il lui avait avoué que, pour être sûr de la revoir, il avait assisté à toutes les visites guidées depuis le lancement de l'exposition et, à force d'écouter le guide, connaissait par cœur son laïus.

Puis l'image de René était réapparue. Elle avait renoncé à lui parler de Gilbert. Elle attendrait que l'occasion se présente. René évoquerait bien son rival une fois pendant son séjour. Alors elle en profiterait.

La porte du compartiment s'ouvre, Muriel sursaute.

— Contrôle des billets, fait Germinal d'un ton lugubre.

Ils le fixent décontenancés.

— Je plaisante ! lâche-t-il, hilare. Est-ce que vous désirez du thé ?

Il s'écarte et, dans l'embrasure, le sourd-muet et Singh apparaissent avec le chariot.

— C'est l'idée de Singh. Il a pensé que nous devrions faire comme dans les avions.

Le serveur indien tire sur un petit robinet d'eau chaude, remplit une tasse, le muet glisse un sachet et tend la boisson dont Colette se saisit.

Germinal a tombé la casquette. Il explique qu'à partir de maintenant il ne faut plus l'appeler contrôleur mais agent de solidarité ferroviaire.

Nicolas lui demande s'il sait ce qu'est devenue Melda.

— Je l'ignore. Vous savez, mon père ne parlait que très rarement de cette histoire. Il m'a juste dit une fois qu'après lui avoir avoué son crime, elle lui avait souri un long moment. Mon père se rappelait encore de ce sourire bien des années plus tard, un sourire à la fois plein de compassion et d'ironie.

— Et votre père ? interroge Colette.

— Il n'est jamais retourné à Barcelone, même après la mort de Franco.

Tous se taisent comme s'ils respectaient une minute de silence en mémoire du père de Germinal.

— Pur qui est bon, le monde est bon…, commente Singh.

Muriel se lève d'un bond.

— Il faut que j'aille voir ce qu'il fait !

Elle tâche de se frayer un chemin entre Germinal et le muet.

— Je viens avec toi ! lance Nicolas.

— Moi aussi ! ajoute Aude.

— Et qui me descendra ma valise ? demande Colette dans un ultime sursaut pour retarder leur départ.

— Singh ou moi nous en chargerons, madame. Nous sommes là pour ça.

Les trois amis sortent du compartiment.

— Attendez, je viens avec vous…, leur crie Colette.

30

Brive-la-Gaillarde

À l'ouverture du sas, le bruit de la musique l'assaille.

Et plus encore la foule, une vraie marée humaine dans laquelle Muriel hésite à plonger. Passagers et choristes mélangés, certains debout sur les sièges, chantent à tue-tête des chansons dont on reconnaît à peine les paroles. Des verres s'agitent au-dessus des têtes telles des mouettes volant à la surface de l'eau. À l'autre bout, un petit groupe s'essaie même à danser malgré les soubresauts des rails.

Prenant son souffle, Muriel se fraye un chemin. Des visages lui sourient, des lèvres lui fredonnent des airs, des épaules la heurtent ou bien s'esquivent. Elle va se noyer. Elle ne voit pas Vincent. Un instant, cela la rassure, il n'est pas parti rejoindre cette fille, il ne lui a pas menti. Mais aussitôt, elle est submergée par une angoisse plus profonde.

Habituellement il passe le trajet assis à sa place, absorbé par son livre ou par son carnet. Et contre cette évidence, enfouie en chaque couple, de pouvoir tabler sur les réactions de l'autre, sans même avoir à se le formuler, il a disparu.

Elle voudrait qu'Aude et Nicolas la réconfortent, qu'ils continuent à chercher Vincent, comme s'ils en avaient deviné l'importance à ses yeux. Mais on dirait qu'ils ont oublié leur promesse sitôt entrés dans la voiture.

Nicolas s'est mêlé à un groupe de chanteurs, faisant entendre sa voix grave, souriant aux choristes. Même Aude l'a abandonnée. Elle se tient à l'écart, dans le fond de la voiture. Elle a toujours préféré être en retrait.

Elle s'est assise près d'un homme qui semble lui aussi étranger à la fête. Il ne paraît même pas avoir remarqué sa présence.

— Il ne vous entend pas, lui dit une choriste en passant. Le pauvre est sourd-muet.

Un sourd-muet. Elle l'épie discrètement. Il affiche un sourire maladroit comme s'il cherchait à la tranquilliser sur sa présence. Il a le visage maigre. Une barbe naissante en souligne les traits. Sa physionomie n'exprime rien, tout chez lui est immobile, sauf ses yeux, intensément clairs. On dirait un homme caché dans une statue.

Les ritournelles et leur poésie facile lui entrent dans la tête. La variété l'a toujours mise mal à l'aise.

Trop de sentiments. Elle sent naître entre eux une fraternité de délaissés.

— Je peux écouter un morceau en boucle pendant des heures, même juste le passage qui me touche. Les quelques notes, les deux trois vers. Mon mari me trouve un peu midinette.

Gheorje fixe le siège devant lui.

Enhardie par la surdité de son voisin, elle ajoute que c'est sans doute pour ça que Nicolas ne lui demande jamais son avis quand il écrit un livre. De toute façon, elle n'aime pas ses travaux. Trop de théorie. Elle pense que c'est un truc d'homme. Dans son dernier ouvrage, il a bâti toute une réflexion sur les réactions face à la peste. « Moi je crois que chacun pleure à sa façon. »

Elle jette un coup d'œil autour d'elle.

— Même sur le chapitre de ses aventures, Nicolas construit une théorie. Il ne peut pas s'empêcher de tout m'avouer après et il analyse le pourquoi du comment.

La jambe de Gheorje touche la sienne. Il lui fait un signe de la main. Elle le rassure. Pas de souci.

L'image de Julia s'entremêle aux démarches qu'elle aura à faire pour déménager à Stanford. Comment lui est venue l'idée de quitter son mari ? Est-ce que vraiment un matin on se dit c'est fini ? On renonce à tout ce qu'on a construit ? Son appartement en plein Paris, qu'elle a rendu beau à force de patience. La décoration du salon, la peinture qu'ils venaient de refaire, le canapé qu'elle a mis des mois à trouver… Nicolas est tout ce qui la définit. Aude, la femme de Nicolas. Peut-être que Julia aussi était la femme de son mari ? Peut-être que personne ne l'imaginait sans lui ? Au fond, Aude était devenue une sorte d'animal de compagnie.

Muriel de loin les observe. Elle se demande ce que son amie si timide d'ordinaire peut bien raconter à cet homme. Décidément rien ne se passe comme d'habitude. Deux femmes la bousculent en passant, elles s'excusent d'un sourire. Peut-être Muriel aurait-elle dû attendre dans le compartiment, elle y ruminerait son angoisse et se préparerait à lui faire une scène. Mais une prémonition la taraude, si elle repart maintenant, sans savoir où il est, elle le perd. Elle déteste sa manie d'envisager le pire. Elle ne retrouve son énergie que dans la contrariété. Elle va continuer à le chercher. Elle va le trouver. Lui passer un savon. Peut-être même que cette aventure restera un argument dont elle usera dans leurs disputes. Elle essaie de mettre de l'ordre. Vincent est parti depuis, elle regarde sa montre, plus de vingt minutes. Un homme, à côté d'elle, lui chante des paroles imbéciles, le regard enjôleur. Plus tout autour d'elle devient incertain, flou même, plus monte en elle une vague d'agressivité. Vincent a croisé quelqu'un et il discute ? Non il ne discute jamais avec personne. Un Vincent qu'elle ne connaît pas ?… L'idée la trouble. Pire encore : ne pas savoir comment réagir. L'impression d'être comme Jean-Louis Barrault à la poursuite d'Arletty dans *Les Enfants du Paradis*. Et si sa seule motivation pour affronter le monde, sa seule excuse même, était Vincent et sa timidité maladive ?

« Non je ne regrette rien… » Les premières notes de Piaf s'élèvent. Puis aussitôt, saisi par l'émotion, le chœur enchaîne, sous les bravos.

Une voix inconnue les accompagne. Discrète d'abord, puis de plus en plus affirmée, elle domine celles des choristes qui, surprises par un tel timbre, s'éteignent les unes après les autres et cherchent d'où elle provient. « Ni le bien qu'on m'a fait/Ni le mal, tout ça m'est bien égal !… »

Fixant un point à l'horizon, le muet chante sans paraître remarquer les regards qui se posent sur lui.

31

Le Roumain était grec

— Vous… vous… vous n'étiez pas…, s'étrangle Aude, décontenancée.

— Moi rien écouté, rien entendu.

Son accent si fort donne à ses mots la sonorité d'une langue inconnue « Je serai muet comme une carte »… Aude rit. « On dit comme une carpe ! » « Comme une carpe ? » « C'est un poisson… Un poisson qui n'a pas de langue. C'est pour ça. » Il lui sourit. L'espace d'un instant, ses traits retrouvent la même expression que tout à l'heure quand il chantait. Et le même émoi aussi fort qu'inattendu saisit Aude. Plus encore que sa voix, le sombre éclat de sa physionomie, délestée de la peur comme d'un manteau miteux, la touche, la bouleverse.

— Tu verras, se risque-t-elle à le tutoyer. Tout va s'arranger.

Il esquisse une grimace. Aussitôt la chanson terminée, une vive discussion s'est engagée entre les choristes et Dick. « Je refuse de travailler avec un escroc ! » Mais elles n'ont pas voulu en démordre. « Ce sera une bonne chose pour le show. » À bout d'arguments, Dick s'est enfermé dans les toilettes.

Tous les passagers de la voiture 13 sont maintenant agglutinés devant la porte pour le convaincre. Nicolas n'est pas le dernier. Il prend tout cela pour un jeu dont il saura faire un récit brillant et drôle lors de ses prochaines soirées. Pour pimenter son histoire, il faut qu'il y tienne un rôle important, aussi donne-t-il sans cesse des conseils.

— Il a, il a ce quelque chose que les autres n'ont pas, chantonne-t-il.

Nicolas cherche Aude des yeux. C'est elle qui, plus tard, lorsqu'ils raconteront cette aventure, devra souligner son aptitude à s'adapter à toutes les situations et plus encore à prendre la direction des opérations. Son absence le contrarie.

— La musique est un cri ! reprend-il. Elle n'a pas de frontières !

— Paroles et paroles et paroles ! rétorque Dick. Ah ! Tu veux jouer à ça…

Germinal tambourine contre la porte.

— Vous ne pouvez pas rester là. Ce sont des toilettes publiques. Il faut que vous sortiez.

— Foutez-moi la paix ! Le premier qui entre, je lui pisse dessus !

Un « oh » de réprobation s'élève.

— Laissez-moi faire, intervient Colette.

Un cercle se fait autour d'elle.

— Vous l'aimez votre chorale ?

— Quelle question ! C'est toute ma vie !

— Je vous comprends. Entre nous, comment vous trouvez la voix de cet homme ?

— À chier !

— Nous sommes d'accord. Et sans conteste, il apportera une nouvelle dimension à votre chorale. Vous lui enseignerez tout ce qu'il a à savoir, vous le guiderez… Et quoi qu'il arrive vous resterez l'âme de cette chorale, son cerveau, son cœur…

— Son chef de chœur, réplique Dick.

— C'est comme ça qu'on dit ? Son chef de chœur ? Vous me faites penser à ces patients qui redoutent tellement de se faire opérer qu'ils préféreraient garder leur tumeur…

— J'ai déjà été opéré de l'appendice, si c'est ça que vous voulez savoir…, lance Dick, mauvais.

Nicolas aperçoit Muriel qui, coincée en arrière de la foule, l'appelle par de grands gestes.

— C'est génial ! lui glisse-t-il en la rejoignant. Et dire que vous vouliez voyager en première !

— J'avais raison ! le coupe-t-elle en lui empoignant le bras. C'était une arnaque ! Ce type n'était pas sourd-muet.

Nicolas lui jette un regard consterné. Elle

répond par un air de défi. Ils n'avaient pas voulu la croire, mais elle avait vu juste. Elle voudrait que Vincent soit là pour lui mettre son erreur sous le nez.

Colette s'est lancée dans un récit. On lui avait collé un petit Algérien dans son service. « Il s'appelait Youssef. Il ne connaissait rien, mais il s'était mis en tête de jouer les caïds. » La première pose de cathéter avait été un vrai carnage, alors elle avait passé une petite soufflante. À chaque erreur, il avait pris une remontrance, et un encouragement. « Au bout d'un mois, mon Youssef était doux comme un agneau et toujours prêt à rendre service… »

Quelques secondes, puis un bruit de loquet et la porte s'ouvre, laissant apparaître Dick, intimidé par tant de regards posés sur lui.

Dick sourit sous le poids des baisers des choristes. Le muet s'avance, au bras d'Aude. Les femmes s'écartent, Dick s'approche et lui tend la main.

— Sans rancune, Gheorje ?

— Iannis, rectifie l'autre, en rougissant. Je m'appelle Iannis Markakis. Je suis grec. Je venu en France pour chanter. Français aiment chanteur grec : Demis Roussos, Melina Mercouri, Nana Mouskouri… Mais pas marché. Alors j'ai fait la manche. Muet, c'est bien pour faire la manche. Et Roumain. Ici, Roumain ça paye. Tout le monde habitué. Plus généreux…

Il s'arrête, puis, encouragé par le regard d'Aude, il ajoute :

— Vous pas regrettez, monsieur Dick ?

Dick hésite un instant et lâche :

— Pascal. Je m'appelle Pascal…

32

SOUILLAC

Singh remonte nonchalamment le train. « Va les prévenir », lui a dit Germinal pendant qu'il passait son annonce. « Souillac, deux minutes d'arrêt… » Singh ne reconnaît plus le contrôleur. Lui d'habitude si à cheval sur le règlement, il a prêté les clefs de son compartiment de service à deux passagers… « Le Happy Days Band compte un nouveau chanteur, M. Iannis, le sourd-muet de la voiture 13 ! En fait, il ne l'était pas, sourd-muet. Ni roumain d'ailleurs ! Mais grec. Nul doute que les difficultés qu'il a traversées dans sa vie de sourd-muet roumain lui seront utiles. » Il se passe beaucoup de choses étranges aujourd'hui. En temps normal, Germinal vient déposer sa gamelle et échanger deux ou trois mots. Mais depuis Limoges, il se comporte comme s'ils étaient de vieux amis. « Il faut aussi féliciter M. Dick, qui a eu le courage de revenir sur son premier jugement. Mon père aurait été fier de lui… ! » « On admire les choses que l'on ne comprend pas », pense Singh.

Il frappe discrètement à la porte du compartiment.

Au bout d'un moment, un homme, les cheveux en bataille, apparaît.

— Y'ai un message de la pa du contrôleu. Il dit vus dépêcher.

Vincent met quelques secondes à reconnaître le serveur indien.

— Vus veni…

— Merci… J'arrive… J'arrive tout de suite, bredouille Vincent.

Un bref voile d'inquiétude parcourt ses traits, tel un nuage donnant aux eaux de la mer, une teinte soudain sombre. Mais presque aussitôt, il retrouve l'air de félicité qu'il affiche depuis qu'il a ouvert à Singh.

— Cœur heureux, visage heureux, dit l'autre en s'éloignant.

Deux minutes plus tard, Vincent, tout en enfilant son pull, sort dans le couloir. À peine a-t-il fait quelques pas qu'il revient en arrière.

— J'ai oublié mes lunettes.

Julia esquisse un sourire un peu triste, disparaît à l'intérieur puis revient avec.

Il approche ses lèvres d'elle, se ravise.

Elle lui caresse la joue.

— Dépêche-toi.

Il s'en va sans se retourner. Ils n'avaient même pas évoqué la suite. Pas eu le temps. Ni l'idée. Il avait rêvé la scène tant de fois, tant de fois il s'était cru prêt à se lancer, pour ensuite se remémorer l'instant précis où il n'avait pas osé, rejouant l'histoire à son avantage jusqu'à en effacer la déception. Et cette fois, cette fois-ci, alors qu'il y avait songé de façon mécanique, un petit plaisir qu'il s'autorisait à chaque voyage, tout s'était enchaîné sans qu'à aucun moment il n'en ait pressenti la fin. Pourquoi les choses importantes surviennent-elles d'une manière aussi inattendue ? Il cherche à y voir clair, reprendre pied serait plus exact. Deux vies s'offrent à lui, pas une double vie, l'expression sent trop le théâtre de boulevard, mais bien deux vies qui cohabitent en lui, s'entremêlent. Il pourrait être l'homme de Julia, commencer quelque chose de nouveau, et en même temps continuer comme avant.

Il se dépêche maintenant, espérant regagner sa place sans être vu. Au bout de la voiture 12, il remarque deux personnes, dans le renfoncement, près de la portière donnant sur la voie. Ce n'est qu'après avoir franchi le sas et s'être engagé dans le wagon suivant, que l'image de l'homme et de la femme s'imprime dans son cerveau, le couple entrevu prend un visage familier. Sous le coup de la surprise, il se retourne, incertain de ce qu'il a vu, Aude lui sourit.

Vincent songe à Nicolas et à toutes les fois où ce Don Juan des colloques lui a fait jouer le rôle d'alibi, souvent même sans le prévenir. Aude n'était qu'à moitié dupe, il n'arrivait pas à savoir si elle plaignait plus Nicolas de la tromper, ou lui de devoir lui servir d'excuse.

Au moment d'arriver à bon port, il aperçoit justement Nicolas, devant la fenêtre du couloir.

— Tout le monde te cherchait !

Il grommelle une vague explication. Nicolas s'en contente, empressé surtout d'annoncer à Vincent qu'il n'avait jamais vu Muriel aussi énervée. Il peut s'attendre à ce qu'elle lui passe un sacré savon. Nicolas dit cela avec un grand sourire. Vincent ne relève pas. Ils se taisent un moment, puis Nicolas lui demande s'il a vu Aude. « Ce voyage ressemble de plus en plus à un vaudeville ! ajoute-t-il. Quand l'un rentre, l'autre sort… » Vincent répond sur un ton mi-figue, mi-raisin qu'il vient de l'apercevoir, en train d'échanger quelques baisers torrides avec un grand type. Sous le coup d'une virilité toute neuve, il n'a pas résisté à l'envie de provoquer son ami. Nicolas surpris hoche la tête en signe de désapprobation. « Tu as mangé un clown comme diraient mes étudiants. » Vincent sourit et l'interroge narquois pour savoir si lui aussi va lui faire une scène. Nicolas réplique d'un ton acerbe qu'il le confond avec sa « chère et tendre… »

33

Gourdon

La gare de Gourdon était située au pied de la ville. On y accédait par une route autrefois bordée par un hôtel-restaurant, *Au Cèpe d'Or,* où venaient l'été quelques vacanciers et les gens de la région, pour y fêter les mariages, baptêmes et anniversaires. Mais c'était comme tout dans le coin, le commerce avait périclité. Il ne restait de ce passé plus glorieux, que l'enseigne de l'hôtel, un parking bien trop grand, aux contours gagnés par les herbes sauvages et des quais déserts. Il était question que le Paris-Toulouse ne s'arrête plus qu'une fois par semaine, ce qui aurait signifié la mort de cette bourgade et pour Colette une remise en cause de ses plans.

Mais à cet instant, elle est toute à sa joie d'arriver par le train de 14 h 07, même si la fête annoncée par Germinal l'inquiète un peu. Une brève poignée de main, un sourire discret lui ont toujours paru de beaucoup préférables aux effusions.

Par la fenêtre, elle voit le contrôleur, suivi par les choristes, et quelques passagers traverser la voie, puis le hall de la gare, sous le regard stupéfait des deux cheminots de service à cette heure, et s'installer sur le parking devant l'arrêt de car.

Colette se résout enfin à descendre, sous les vivats de ceux restés dans les voitures.

— C'est pour vous tout ça, Colette ? demande un des cheminots.

Elle le lui confirme d'une brève grimace.

— Où est ma valise ? Je suis sûre qu'ils l'ont oubliée dans le compartiment.

Les choristes lui font une haie d'honneur. À son passage, chacune lui donne une tape amicale ou s'avance pour l'embrasser. Elle rentre la tête dans les épaules. Germinal agite sa casquette. Le Happy Days Band attaque les premières notes de la chanson qu'elle a choisie sous l'insistance de Dick.

— La femme qui est dans mon lit/N'a plus 20 ans depuis longtemps/Les yeux cernés…

Dick en avait proposé une autre, de Johnny.

— Parce que Johnny, il a chanté toutes les circonstances de l'existence.

Colette n'avait pas voulu en démordre. Elle voulait *Sarah* ou rien, car c'était la pure vérité et il ne fallait jamais avoir peur de la vérité nue.

Les paroles mélancoliques refroidissent un peu l'enthousiasme des spectateurs, même si certains esquissent des sourires moqueurs, mais sur le dernier couplet, « Lorsque la nuit/Nous réunit/Son corps, ses mains/S'offrent aux miens », un vieil homme sort de la seule voiture garée sur le parking, et s'avance. Vêtu d'un blouson gris d'un autre âge, le visage buriné par le soleil, et la démarche lourde et voûtée des vieux paysans du Lot, il s'approche timidement.

— René ! s'écrie Colette. Mais qu'est-ce que tu fais là ?

Il mâchonne quelques mots, « pensé… ferait plaisir… », presque inaudibles tant il est troublé par tous ces regards. Colette aussi. Elle n'ose l'embrasser, hésite puis pose une bise furtive sur sa joue.

— Allez, les filles, on enchaîne, lance Dick. « Dans le train » de Johnny…

— À mon retour, au bout du quai/Entre mes bras/Oui, tu vas pleurer de joie/Car pour toujours je reviens…, entonne la chorale.

René regarde alternativement Colette et la foule d'un air méfiant, comme s'il observait de derrière la fenêtre toute cette agitation.

— Ces gens m'aident à porter ma valise, dit Colette d'un ton mal assuré.

Elle sent monter en elle l'émotion qu'elle redoute tant, tiraillée entre l'envie de conserver son impassibilité, de plus en plus difficile à tenir, et celle de se laisser aller à être enfin, rien qu'un instant, la reine de la fête. Mais elle a peur du jugement de René.

Ses yeux s'embuent.

—… valise ?

Elle ne comprend pas.

— Ta valise ?… où ? répète René, qui monte un peu la voix pour couvrir le bruit.

Elle aime la force contagieuse de son caractère posé. Il semble imperméable à tout dérèglement, même le plus violent, et l'on pourrait croire à une indécrottable absence de sensibilité, alors qu'elle n'a jamais connu homme plus tendre après l'amour. Pour un peu elle l'embrasserait de la sauver ainsi de l'attendrissement.

— Ma valise !

Aussitôt le cri se répercute jusque dans la gare « la valise de Colette », tandis que sans faiblir la chorale continue :

— Dans ce train, oui, je reviens pour toujours/ Dans ce train qui roule vers mon amour…

Alors, fendant la foule, arrive, tel le héros au cinéma, Vincent, la valise à la main, d'où pend l'étiquette à l'écriture appliquée de Colette.

Germinal tente vainement un triple hourra.

Sans un mot, René la prend et se dirige vers sa voiture. Il ouvre le coffre, la range et, continuant d'ignorer la trentaine de personnes dans son dos qui l'observe, s'installe à la place du conducteur.

— Je ne vous oublierai jamais, glisse Vincent à l'oreille de Colette, qui rougit, à moins que ce ne soit le soleil.

Elle lui tapote la joue, et presque aussitôt retire sa main.

Julia la serre ensuite dans ses bras.

— Vous avez l'air heureuse…

Julia acquiesce d'un grand sourire, dont la vue attendrit Colette.

Puis c'est au tour des choristes, de certains voyageurs, et de Germinal.

— Votre histoire de Melda, c'est ce qui arrive quand on prive une femme d'amour, lui murmure-t-elle.

Les mains sur le volant, René regarde droit devant lui, en homme habitué à attendre.

Lentement, Colette rejoint la voiture, se retourne un instant, seule concession à son émotion, et, prise d'une inspiration soudaine, frappe à la vitre de René. Elle lui souffle quelque chose. Surpris, il hoche la tête, descend, fait le tour et s'assoit à la place du passager. Dans les yeux de Colette, brûle, lueur fugitive, le regard qu'elle avait après le plaisir quand elle était cette femme de quarante ans, à la gaieté grave.

Elle met le contact, enclenche la première, faisant grincer la boîte de vitesse et démarre, sans un signe ni le moindre coup de klaxon pour tous ceux qui les regardent passer devant l'enseigne rouillée de l'hôtel-restaurant *Au Cèpe d'Or,* gravir la côte puis disparaître.

— Où t'étais ?

Vincent bredouille une vague excuse. Muriel

n'ose pas éclater devant les autres. Elle lâche d'un ton doucereux qu'elle s'est inquiétée.

— Je suis désolé, répond Vincent, il m'est arrivé une drôle d'aventure…

Elle le regarde incrédule, mais avant qu'elle ait eu le temps de s'emporter, Germinal donne l'ordre de remonter dans le train.

Alors, aussi brusquement qu'elle était apparue, la foule quitte le parking, traverse le hall puis la voie, et reprend place à bord du Teoz, laissant les deux fonctionnaires aussi stupéfaits qu'à son arrivée. Pour une fois, ils auront quelque événement à raconter, pour une fois la gare de Gourdon a été noire de monde…

34

« La très chère était nue… »

Il traîne dans le couloir pour éviter de revenir s'asseoir à côté de Muriel. Il redoute de s'engager dans une explication qu'il devine embrouillée et orageuse. Tout en lui trahit Julia, du moins il le pense. L'odeur de son corps qu'il a gardée sur sa peau, il respire ses mains qui sentent l'intimité de cette femme. Pour rien au monde, il ne la ferait disparaître avec la senteur fade du savon de la SNCF.

Les seins de Julia dansent devant ses yeux, se mêlent aux teintes rousses des petits chênes qui défilent entre deux tunnels. Le paysage mélancolique du Causse, qui, comme tous les ans en cette saison, semble espérer une débauche de frondaison qui ne viendra pas, s'accorde parfaitement avec la tristesse de Vincent après l'amour.

Il a l'intuition qu'il ne pourra plus jamais poser

ses mains sur Muriel, qu'elles la brûleront et laisseront sur sa peau les empreintes de Julia.

Il s'est tapé une femme. La vulgarité de l'expression l'étonne. Mais il se sent plein d'une rage virile qu'il se découvre. Une brusque montée de sève qui vient des couilles. Encore un mot qu'il n'emploie jamais. Il donne un coup violent contre la vitre, qui émet un bruit mat. Presque aussitôt, sa rage cède la place à l'abattement.

Il a trompé Muriel. La phrase claque comme une gifle. Pas une question de morale, quelque chose de plus profond. Baiser est l'unique chose, l'unique, que l'on ne fait qu'avec sa femme. Si l'on enfreint cela, c'est la fin d'une grâce, la levée d'un tabou. Bien sûr, la Terre ne va pas s'arrêter de tourner. Sans doute, il l'aimera encore, avec la même évidence affichée, mais au vrai, son existence ne sera plus qu'une survivance, une concession, il ne pourra plus se le cacher. Cou coupé.

Il voudrait se remémorer chaque détail, il la voit, nue, gênée mais heureuse, les bras en anse au-dessus de sa tête, relevant ses cheveux, quelque chose d'enfantin dans les yeux, qui fait naître un sourire sur ses lèvres. Mais il redoute qu'on devine ses pensées, plutôt que Muriel lise en lui. Il rougit.

Il sent son regard inquiet et furieux qui le transperce à travers la vitre du compartiment. Se concentrer sur ce qu'il va lui dire. D'après Nicolas, il faut faire simple, le plus proche possible de la vérité, moins de risque de se contredire. « Il m'est arrivé une drôle d'aventure... », il avait dit... Il a été aux toilettes et...

Il l'a prise ! Voilà ce dont il ne se remet pas et ne cesse de s'étonner. Comprendre pourquoi elle, pourquoi maintenant, il voudrait. Prise. Il l'a prise. La phrase berce son esprit et, malgré sa crudité, éteint en lui toute inquiétude. Prise. Comme on dit saisir sa chance. Fesses et seins qu'elle avait lourds et ronds, cuisses larges, hanches arrondies, océan de chair que ses mains sillonnaient, esquifs en pleine tempête. Prise tout entière. Pénétrée. Toutes ses formes rondes, pleines, rebondies, molles et fermes à la fois. Prises. À prononcer ce mot, son désir resurgit, s'exaspère.

Le corps de Muriel est mince, un ensemble de lignes droites, un dessin anatomique. Il lui a dit « Je te connais par cœur » comme un mot d'amour, il pourrait la reconnaître les yeux fermés, mais ce n'est que la mémoire de gestes coutumiers, le parcours de ses doigts autour de ses seins, la langue dans son cou, sa pensée a complètement digéré ses formes. Tandis que celui de Julia est plein de courbes.

« La très chère était nue, n'ayant gardé sur elle que ses bijoux sonores... On dirait toi et tes rondeurs de loukoum. » Il l'avait enlacée. « Tu me trouves grosse... ? – Mais tu es belle, belle, belle », avait-il hurlé. Elle lui avait mis la main sur la bouche « Chut ! – Belle ! Idiote ! »

Les seins de Julia réapparaissent, lourds, un brin fatigués – les premières traces de l'âge qui rendent les corps beaux et fragiles –, bien que leur pointe soit haute, dessinant une arabesque. Il essaie de se les décrire, l'aréole large et brune, comme un cône. Jamais l'écart entre son émotion et ses mots ne lui a paru aussi grand… Et pourtant, il a l'intuition d'être très précisément – cette manie de l'exactitude – au cœur de son trouble. La façon qu'elle a eue de les lui offrir. Parce qu'un sexe, c'est toujours pareil, en tout cas guère différent au final. Mais les seins c'est autre chose. Le caractère profond de chaque femme se révèle à travers eux. Quand Muriel ôte son soutien-gorge, elle rentre ses épaules, ramène ses bras insensiblement devant. Une fille, avec qui il était sorti un temps, les lui présentait en les soulevant avec ses mains, comme si elle lui jetait un défi. Julia au contraire les lui abandonnait.

« Je comprends rien à ce que tu racontes. » À chacune de ses phrases, après l'amour, elle riait et lui caressait le visage. « C'est simple. Écoute-moi. Le hasard a fait que tu te sois assise dans notre compartiment. Ton arrivée imprévue a dérangé l'ordre… » Elle l'embrasse. « Si j'avais atterri dans le compartiment d'à côté, je serais en ce moment avec un autre… ? » Il plisse les sourcils. « Oh je t'en prie… » Elle se serre contre lui. Un début d'érection. Pendant un instant, il parvient à se remémorer avec précision la sensation, au moment où il l'a pénétrée, humide, offerte, comme si la chatte de Julia l'avait toujours attendu. Encore cette poussée de fierté virile, âcre comme une odeur de grève, qui le fait rougir, puis le submerge, un cri de guerre, un flacon de sels pour rappeler à lui, avec toute l'intensité dont les mots sont capables, le souvenir des muscles en action, et leur triomphe.

Pendant qu'il lui parlait, elle paraissait plongée dans la contemplation de son torse imberbe. Sans doute était-elle habituée à des torses velus d'hommes sûrs de leur queue. Il n'aimait pas qu'on le remarque. Il avait le sentiment d'être un nageur, ou plutôt de malade en cours de traitement. « L'amour, c'est le droit d'être bête ensemble », avait-il lâché, énervé. « C'est de toi ? – Non de Valéry. – Tu connais une autre Valérie ? – Non, Paul Valéry, le poète. » Elle avait ri.

Quand il était sur elle, la tête posée contre la banquette, l'odeur du tissu lui avait rappelé les couchettes des trains de nuit qu'il prenait pour aller chez sa tante. Désormais, il devine qu'il ne pourra plus sentir cette odeur sans penser à Julia.

Il aurait voulu lui murmurer à l'oreille quelques mots tendres, « ma dodue », « ma replète », les mots du désir, et aussi « ma bien en chair ».

« Dans la vie, il n'y a que deux sortes d'hommes, ceux qui font rire les filles et ceux qui les baisent. » Il devait avoir douze ou treize ans, son père l'avait fait asseoir sur ses genoux, la dernière fois, comme un adieu à l'enfance. Et juste ces mots. « Ceux qui les font rire et ceux qui les baisent. » Il n'a jamais su pourquoi son père lui avait dit ça. Vincent n'avait pas osé poser de question. « Ceux qui les baisent. » Maintenant, il en fait partie. Vincent aurait presque envie de s'excuser. Alors quoi toute sa pensée, son esprit, sa vie tiennent désormais dans ses couilles ?

Ses mains s'étaient posées sur ses seins, incertaines, il n'en croyait pas ses yeux. C'étaient ses mains mais ce n'était pas lui. Seul le contact de la peau de Julia et son sourire confiant l'empêchaient de perdre pied. Elle ne semblait pas remarquer son émoi. L'autre, son mari, enfin son ex-mari, devait la prendre avec toute sa force.

Il faut enfouir son trouble au fond de sa mémoire, presque douter que cela a existé, s'il veut pouvoir rejoindre les autres. À tout prix arrêter le flux de sa pensée… Il a été aux toilettes et… Voilà l'urgence : 1/ « Une drôle d'aventure » ? 2/ Prévoir les questions de Muriel ; 3/ Effacer, du moins dominer son trouble pour qu'il ne surgisse pas malgré lui ; 4/… Pourquoi elle ? Pourquoi maintenant ? Il y avait eu une espèce d'évidence dans la façon dont les choses s'étaient déroulées. Comme aurait pu le penser un de ces auteurs de bestiaires, trop de signes favorables s'étaient manifestés, enfin pas tout de suite. Un vrai roman médiéval plutôt. La rencontre avec la Dame de cœur à la voiture-bar, les exploits du chevalier qui réussit à rejoindre sa belle, la quête du baiser, sans cesse retardée, puis la récompense, Germinal qui leur avait passé la clef de son compartiment, tout s'était déroulé telle une mécanique implacable.

Donc aux toilettes. Et en chemin, il a rencontré une choriste qui l'a invité au récital. Il n'a pas osé refuser. Non plusieurs choristes. Qui ne lui ont pas laissé le choix…

En repensant aux seins de Julia, à son corps, odeurs inconnues, replis de la peau inexplorés, à ses fesses dont il n'arrive pas à faire revenir l'image précise de leur épaisseur, il mesure toute la difficulté de ce qui l'attend.

« Tu es très belle dans ta robe rouge, avait-il marmonné. Tu sais que pour les auteurs de bestiaires, c'est la couleur de la passion » « Encore tes histoires de Moyen Âge ! De toute façon, ma couleur préférée, c'est le… » « Vert ! » « Comment t'as deviné ? » « La couleur de la rupture et du renouveau ».

Elle l'avait embrassé.

1/… Les toilettes, les choristes, le récital. Il n'a pas fait attention à l'heure, il a discuté avec… Pas vraiment une drôle d'aventure… Quelque chose l'empêche de se concentrer. Il a eu un malaise ! Durant le récital. Oui ! voilà le bruit, la chaleur… Le malaise ne lui paraît pas une bonne idée. Comment un type, il hésite à dire un homme, tel que lui peut se laisser autant dominer par ses émotions ? J'étais parti aux toilettes. J'ai croisé des choristes. Elles ont insisté pour le récital, en souvenir de la collecte pour le muet, oui ça c'est bien, et l'une d'elles avait fait des études d'histoire, elle m'a posé des tas de questions sur les bestiaires…

N'importe quoi ! Il n'a pas osé partir car elles sont restées autour de lui à chanter. Il a eu peur de les vexer et l'arrêt à Gourdon lui a permis de s'esquiver sans les froisser.

En fait le plus inquiétant est de se surveiller ensuite, de ne pas se trahir alors qu'il se sent plein de fougue, de sève, qu'il a envie de rire, de chantonner.

Au moment de rentrer dans le compartiment, un souvenir lui revient. Dans la salle à manger de sa tante, son ballon avait heurté un bibelot. Vincent s'était arrêté, tétanisé par le bruit de la porcelaine qui se brise contre le carrelage. Il avait attendu pour être sûr que personne n'avait entendu, puis ramassé et remis patiemment les morceaux en un fragile équilibre, de sorte que la cassure ne se voie pas. Sa tante ne s'en était aperçue que bien des mois plus tard et n'avait jamais fait le lien avec lui.

35

CAHORS

Il respire un grand coup et ouvre la porte du compartiment.

Immédiatement, il note l'air moqueur de Nicolas, comme s'il se distrayait par avance de la scène qui s'annonce, à moins que ce ne soit la connivence un peu triviale des maris de boulevard. Et l'expression affectueuse d'Aude, qui le retient un instant, la complicité des timides partageant un secret. Muriel, le visage fermé, ignore ostensiblement son arrivée. Il la fixe brièvement et manque de tomber contre les jambes de Bruno. Sur son ventre, trônent ses mots croisés, une femme au milieu d'un champ en fleurs sourit en couverture. Sans ouvrir les yeux, Bruno se redresse dans le fond de son siège et tourne la tête.

Chaque détail s'enchaîne comme une projection de diapositives, des fragments du décor qu'il enregistre sans chercher à les déchiffrer, sa pensée est tout entière tendue vers le moment de l'explication.

Il s'assoit.

— On arrive dans une heure, hasarde-t-il.

Pas de réponse. Personne ne semble même l'avoir entendu. Il s'étonne du silence de Muriel. D'habitude, elle démarre aussi sec, mais là, elle paraît avoir adopté une autre stratégie. Il espère vaguement que la présence de Bruno – celle de Nicolas et Aude ne l'arrêtera pas – mettra un frein à son emportement, se réservant pour plus tard, une fois à l'hôtel à Toulouse. Alors la partie serait gagnée. Quand ils en reparleraient, le trop-plein d'agressivité serait passé, il pourrait peaufiner ses explications. « J'ai croisé des choristes, je suis allé au récital et tu ne devineras jamais quoi : le muet a retrouvé sa voix ! Un vrai miracle… » On n'est pas dans le Paris-Lourdes ! Non. « Une choriste a fait un malaise… On a dû la réanimer… »

Il prend son carnet, tant pour se donner une contenance que pour y lire un présage.

« Les premiers jours du mois de mars 1255, une baleine s'échoua sur la plage de Saint-Quentin d'Orival, non loin de la ville de Dieppe. La nouvelle en parvint jusqu'à la cour d'Henri III d'Angleterre. Ce dernier raffolait des bêtes rares et possédait déjà des lions, des panthères, des chameaux et un ours blanc que lui avait offert le roi de Norvège. Aussi adressa-t-il un émissaire au roi de France, Louis IX, afin que son royal beau-frère autorise l'envoi de savants anglais pour étudier l'animal échoué. Louis IX décida d'envoyer sa propre mission qui donnerait ensuite une copie de leurs travaux à Henri III. Le choix se porta sur Jean de Florimont, moine franciscain de l'abbaye de Saint-Vaast et auteur du *Livre sur les propriétés des espèces,* vaste compilation des textes des Anciens et de ses contemporains, dans laquelle il avait dressé un tableau complet de la création. Aussitôt Florimont se mit en chemin, accompagné de son secrétaire, le jeune Bernard de Sèvres. »

De temps à autre, Vincent risque un œil inquiet vers Muriel, obstinément plongée dans sa lecture. Toute cette scène ressemble à un immeuble dont il ne reste plus que la façade, proche de s'écrouler au moindre coup de masse et pourtant, il sent la lassitude l'envahir, la tentation de tout reprendre comme si rien n'était arrivé grandit en lui. Qu'est-ce qu'elle manigance ? Rien de bon. Non. Elle doit juste être un peu désarçonnée par son absence, le genre de truc qu'il ne fait jamais. Une drôle d'aventure… Le type du Happy Days Band voulait se faire pardonner sa blague idiote au sujet du muet et il a décidé de rembourser tout le monde… Ce soir, il y aura le dîner avec le recteur, demain il fera sa communication, avec un peu de chance, tout ira bien, puis ils passeront deux jours agréables à Toulouse…

« Arrivés à Saint-Quentin d'Orival, ils examinèrent le cadavre du cétacé. Jean de Florimont fut très étonné de sa présence sur la plage car, ainsi que le dit Brunetto Latini, dans son *Livre des Trésors,* la baleine ne s'aventure jamais dans des eaux de moins de 200 pieds de profondeur. “Faut-il y voir là la main de la Providence ?” demanda le jeune Bernard. L'un des villageois leur expliqua qu'il y avait eu, dans les jours précédents, une forte tempête. L'homme qui partait pêcher au large de l'Écosse avait croisé l'animal en compagnie de ses deux petits. Voulant profiter de l'aubaine, le pêcheur avait attaqué l'un des baleineaux. Leur mère était alors venue s'exposer aux coups des pêcheurs pour le protéger. Ce qui surprit beaucoup les deux moines. Car comme l'explique Aristote, en cas de danger, la baleine ouvre la bouche et fait entrer ses petits à l'intérieur de son ventre, avant de les recracher, une fois le danger écarté.

Mais ils n'étaient pas au bout de leurs étonnements. Ils commencèrent par l'étude de la bouche de l'animal. Pline avait écrit que la langue de la baleine était toute petite, recouverte de longs filaments qui servaient de filtre pour trier la nourriture. Il prétendait même qu'un baume à base de ces filaments constituait le meilleur remède contre l'excès de chyle. Mais Florimont constata non seulement que la surface de la langue était spongieuse et souple mais encore que sa taille était telle qu'elle devait faire plusieurs milliers de livres.

Quand son secrétaire eut fini de dessiner la bête, Florimont ordonna aux villageois de la découper pour qu'on découvre l'intérieur. Quelle ne fut pas la déception des deux moines ! D'après l'Ancien Testament, la grandeur de son ventre est telle que Jonas, recueilli à l'intérieur, croyait se trouver aux Enfers. Pierre de Beauvais estime qu'un roi pourrait y tenir sa cour sans difficulté. Mais ils ne virent s'étaler sur la plage qu'un tas immense d'entrailles à l'odeur nauséabonde et cherchèrent en vain la moindre cavité qui put ressembler à celle décrite.

Leur mission achevée, les deux moines regagnèrent leur abbaye. Pendant tout le trajet, Bernard de Sèvres demeura silencieux. Devinant les pensées qui traversaient l'esprit de son secrétaire, Jean de Florimont lui demanda : "Frère Bernard, que t'en semble ? Est-ce que des auteurs aussi renommés qu'Aristote, Pline ou Pierre de Beauvais se seraient trompés ?" Bernard ne dit mot, son maître reprit : "C'est pourtant simple. Fais marcher l'esprit que Dieu dans sa grande bonté a bien voulu te donner. À l'évidence, l'animal que nous avons vu n'est pas une baleine !" »

Et s'il suffisait de ne pas y croire pour que cela n'existe pas ? Les sensations bien réelles du corps de Julia, son odeur, son contact, ses mains posées sur son torse ne manqueraient pas de perdre, à force d'être ressassées, leurs contours précis, et il s'efforcerait de les raviver, avec des détails dont il ne saurait plus très bien s'il les avait juste imaginés…

— On a une chance de te voir ce soir ? demande Muriel.

Vincent pressent au ton persifleur que le moment de l'explication est arrivé.

— Peut-être as-tu prévu une autre visite aux toilettes à Toulouse…

Il prend un ton le plus dégagé possible.

— Écoute, en sortant des toilettes, je suis tombé sur les choristes. Elles avaient décidé d'organiser un récital pour le muet…

— Une autre collecte… ? s'inquiète Muriel. Elles auraient tort de se gêner. Tu sais te montrer si généreux avec notre argent.

— Pas du tout…

Il cherche une idée… (lance-toi !)

— Elles avaient écrit une chanson à mon sujet ! (Pas mal) Elles voulaient me la chanter parce qu'elles parlaient de moi (Bien).

— Ah oui ? Qu'est-ce que ça disait ? « Un gogo a payé 20 euros/ on a bien ri dans son dos… »

— T'es bête ! …

— Eh ben vas-y, on t'écoute…

— « Alors que tous étaient muets, lui n'est pas resté sourd. Il n'y a que le premier pas qui coûte, comme en amour… » (Aïe Aïe Aïe…)

— Riche la rime, raille Nicolas.

— C'est de la variété.

Il observe Muriel. À sa place, il exploserait « T'as mis tout ce temps pour me trouver une excuse aussi bidon ? » Mais elle a l'air plutôt calme. Étrangement même.

— Comment ça se fait qu'on ne t'ait pas vu là-bas ? dit-elle d'un ton presque détaché.

— Quoi ? (Ils sont venus me chercher !)

Surpris par cette nouvelle attaque, il essaie de gagner un peu de temps.

— Tu m'as très bien comprise. Tu n'étais pas à la fête des choristes…

— Bien sûr que si !

Dans sa tête, une certitude : elle sait mais fait semblant de rien pour me piéger…

— Pourtant on t'a cherché ! lance Nicolas, qui semble ravi comme un gosse de sa niche à son ami.

Faux frère ! pense Vincent.

— J'étais dans le fond, à discuter (pas de détails. Trop dangereux).

— Avec qui ?

— Je ne sais plus moi. Avec Dick, avec le contrôleur et avec une choriste aussi qui m'a parlé des statues d'animaux de l'église de son village,… (Ouh… Risqué, risqué…)

— Ah c'est ça ! intervient Aude. Je me demandais, en te voyant faire de grands gestes, de quoi tu pouvais bien lui parler…

Vincent lui adresse un sourire reconnaissant.

Muriel, déstabilisée par cet appui inattendu, se tait.

— Bon allez, vous n'allez pas vous disputer pour ça…, intercède Nicolas.

— Tu en as de bonnes ! Monsieur disparaît deux heures, et quand on part à sa recherche, il est introuvable...

L'éclat de voix tire Bruno de son sommeil. Il cligne des yeux, regarde autour de lui et reprend son magazine.

— Bon, je suis désolé, répond Vincent à la façon d'un petit garçon.

— Surtout que ça ne te ressemble pas du tout..., maugrée Muriel.

La conversation retombe, chacun replonge dans ses pensées.

Rassurée, Muriel s'en veut presque de s'être énervée. Elle revoit sa mère, annonçant de ce ton froid et sans appel la décision qu'ils avaient prise. Son père se tenait derrière, la tête baissée, le regard fuyant – plus grande Muriel croyait déceler dans son attitude, ses mains qui s'agitaient sans raison, une légère rougeur sur les joues, ses lèvres entrouvertes comme s'il allait parler, une profonde agitation. Tout cela lui donnait l'impression que sa mère lui cachait la vraie raison, et elle sentait monter en elle une colère d'autant plus formidable qu'elle demeurait muette. Une fois, juste une fois, elle avait réussi à les faire sortir de leurs gonds. Quand elle était partie pour s'installer chez un copain. « Traînée ! » avait assené son père, chargé par sa femme d'exhaler leur douleur. Pourquoi, depuis le début du voyage, n'arrête-t-elle pas de repenser à son enfance ? La faute à Vincent et à son comportement si étrange ? Ou à cette fille ? Enfant, Muriel aurait sans doute rêvé d'être comme elle. Bien en chair, maquillée, les cheveux longs surtout…

Vincent éprouve un sentiment mêlé de dégoût et de contentement. Plus il aspire à retrouver son existence, plus elle lui apparaît sous un jour déplaisant. Il voudrait arrêter d'y penser. Trop de secousses aujourd'hui, il aurait bien le temps, demain.

— En tout cas, se rengorge Muriel, c'est moi qui avais raison. Vous vous êtes tous fait avoir. Iannis était bel et bien un escroc !

— Iannis ? laisse échapper Vincent sans réfléchir.

— Oui, ton sourd-muet. Enfin le faux sourd-muet… Celui qui t'a arnaqué de 20 euros… Vous êtes tous tombés dans le panneau !

— Mais il a une si belle voix, plaide Aude.

— Comment ça… il chante maintenant ? s'exclame Vincent sous le coup de la surprise.

La consternation s'affiche sur le visage d'Aude. En une seconde, Vincent comprend son erreur. Il tente de noyer le poisson.

— Ah oui bien sûr, Iannis… le sourd-muet… (Le miracle a eu lieu ?!)

Trop tard.

— Tu n'y étais pas ! s'emporte Muriel. Je le savais ! Je le savais !

Bruno, effrayé, ramasse ses jambes sous son siège.

— Tout ça c'est du baratin ! poursuit Muriel. J'en étais sûre…

Elle est debout, stupéfaite, ulcérée à l'idée que Vincent ait pu lui mentir.

— T'étais avec elle ? C'est ça ?

Ses cris sont couverts par Germinal qui annonce les trois minutes d'arrêt à Cahors, et les correspondances pour Marmande, Bordeaux et Rodez.

— Calme-toi, calme-toi, répète Nicolas, inquiet de la tournure que prennent les choses.

Elle pâlit, et, perdant toute retenue, le visage déformé par la soudaine révélation de sa méprise, elle hurle :

— T'as couché avec elle ?

Elle s'étrangle, ne peut poursuivre. Vincent est tétanisé.

— Allons…, répond Nicolas, ton agressivité t'égare. Ce n'est qu'une paumée, qui ne comprend rien à rien. Mais enfin Vincent dis-le-lui !…

Le ton glapissant de son mari surprend Aude, la heurte telle une fausse note.

— C'est vrai quoi, poursuit Nicolas. C'est une pauvre fille. Une barbare ! Tu comprends ? Au sens grec du terme ! Elle ne parle pas la même langue que nous, elle n'a rien de commun avec nous. Il n'y a qu'à voir comment elle se fringue…

« Retire ça tout de suite », pense Vincent. Il aurait aimé que cette phrase sorte spontanément de sa bouche, que sans effort, il soit projeté dans quelque chose d'irréversible.

— Je veux l'entendre de Vincent, exige Muriel.

Il baisse la tête. Il ne sait pas de quoi il se méprise le plus. De ce qu'il va devoir dire ou de ce qu'il taira. La phrase qu'il a répétée à Julia lui revient soudain. « Les poissons ne connaissent pas l'adultère »… Mais les historiens, si… Peut-être après tout qu'il n'étudie les bestiaires que pour se donner du courage ? Pour y trouver des raisons de se jeter à l'eau ? De ne pas s'y jeter plutôt…

Nicolas se tourne vers lui.

— Qu'est-ce que tu attends ? Vas-y ! Dis-lui ! Quoi ! Merde ! Une caissière ! Même pas ! Une caissière au chômage !…

36

Montauban

Elle n'avait même pas son numéro. De toute façon, ils n'avaient pas parlé de la suite. Elle ne veut pas s'apitoyer, pas jouer à la victime. Cela avait été une journée extraordinaire, sa première journée de Julia.

Vincent avait le torse imberbe, Djamel était si velu qu'il avait même des poils dans le cou. Elle n'aimait pas ça, elle avait toujours adoré le contact de la peau.

Après les adieux à Colette, elle est remontée dans le train en compagnie des choristes. Mais elle a préféré rester seule. Prétexté qu'elle devait retourner à son compartiment pour s'éclipser. Elle s'est assise deux voitures plus loin, il y a des places libres maintenant. Sentiment d'être dans le bon tempo. Un bref instant cela l'inquiète, puis un rire sonore la secoue. Même la vision de ses mollets ne parvient pas à ternir son humeur. Elle réajuste son décolleté. Elle aime le contact du tissu sur sa peau. Elle se promet de s'acheter d'autres fringues, encore plus dures à porter : des hauts moulants, des jupes courtes, et beaucoup de bijoux, clinquants, des colliers, des bagues plein les doigts, des bracelets empilés sur les poignets et surtout, surtout des boucles d'oreilles, fines et longues, des torsadées qui descendent le long du cou, des rondes qui mangent la joue. Elle qui n'en mettait pas a une fringale de boucles d'oreilles. Elle s'imagine, les ôtant, dans un bruit de métal, elle trouve qu'il y a quelque chose d'extrêmement sensuel quand une femme retire ses boucles, une invitation muette…

Elle observe le paysage et revit la scène en détail, tel un enfant qui déballe ce qu'il a gagné à la fête foraine.

Il se tenait devant elle, raide, figé. Elle au contraire était très calme, comme si elle savait ce qui devait se passer ensuite, juste parce qu'elle l'avait décidé. Elle avait suggéré de demander l'aide de Germinal pour trouver un endroit tranquille. Ils s'étaient mutuellement déshabillés. Elle aurait souhaité qu'il fasse le premier geste. « Si tu ne veux plus, je comprendrais… », avait-elle failli dire. Tous les hommes qu'elle avait connus décidaient, agissaient, sans laisser paraître la moindre hésitation, pareils à des danseurs habitués à guider leur partenaire et elle, allongée sur le lit, les recevait, soudain écrasée par leur poids, submergée par le va-et-vient de leurs reins. Mais elle désirait vraiment que cela ait lieu, se prouver tout de suite, que tout, y compris ça, était possible, qu'elle pouvait quand elle le voulait, coucher, le mot l'amuse, coucher avec un homme, se défaire de Djamel. Alors elle lui avait caressé la cuisse, embrassé le cou.

Elle cherche à détourner la mélancolie qui la gagne. Faire quelque chose. Appeler sa cousine pour savoir si elle peut débarquer chez elle. Elle sort son portable de son sac. Elle l'avait éteint. Un nombre impressionnant de messages s'affiche. Martine, cinq ou six fois, Laura aussi une fois et Djamel quinze fois. Tu me fais chier ! Il faudrait rappeler, mais elle n'a pas envie. Marre des embrouilles. Au bout de quelques secondes, le ton aurait monté. Tu m'emmerdes ! Elle connaît trop bien cette envie de bagarre, sous couvert de discuter, l'adrénaline. T'es trop conne ! La seule façon de se dire des choses. Comme un code. On se parle donc on se crie dessus, en fait, on se crie dessus donc on se parle.

Elle tombe sur le répondeur de sa cousine. Elle laisse un message. Si ça se trouve, elle ne pourra pas dormir chez elle ce soir. Elle ne veut pas s'inquiéter à l'avance. Elle verra bien. Elle a repris le dessus. Un petit moment de faiblesse. Tout ça pour une aventure d'un jour. Pas même d'une heure. Entre deux arrêts. Pourtant, cela n'avait rien du coup vite fait, sordide. Allongée sur la banquette, elle apercevait un bout du couloir, par un petit interstice qui subsistait entre le rebord de la vitre et le rideau. Quelqu'un aurait pu les voir peut-être, et loin de l'inquiéter, l'idée lui plaisait. Que les passagers d'à côté sachent qu'elle était là à faire l'amour avec lui, qui l'avait désirée, choisie, l'impression d'exister.

Quand le train avait ralenti et était entré en gare de Brive, le silence avait accompagné le lent apaisement des corps. Il était sur elle. Chaque son leur arrivait intensément. Dans le couloir les voyageurs qui montaient. Leur pas. Leur voix. Il lui avait caressé le visage. Elle s'était serrée contre lui. Deux enfants redoutant de voir leur cachette découverte. Le monde pouvait bien continuer sur le même rythme monotone, elle se sentait immortelle comme l'éclair, du moins c'était ce qu'elle lui avait chuchoté à l'oreille.

Elle se tourne, il n'y a personne près d'elle, et s'installe confortablement, les jambes sur l'autre siège, la tête posée contre l'accoudoir comme sur l'épaule d'un homme.

Elle aurait préféré qu'il fasse sombre. Malgré les rideaux tirés, le soleil donnait une teinte mélancolique au compartiment. Elle redoutait le moment où il la verrait nue. Mais il y avait un tel désir dans ses yeux, qu'elle s'était sentie prise d'un élan pour lui. Elle s'était laissé regarder, étendue sur le dos, un sourire qu'elle ne se connaissait pas, un sourire qui montait du plus profond de ses cuisses, de son ventre, la revanche de ce corps auquel elle s'était habituée tel un fardeau encombrant, illuminait son visage. De cela, elle lui serait éternellement reconnaissante.

Elle donnerait cher pour être à nouveau blottie dans ses bras, là, maintenant, tout de suite. Elle sait, elle redoute toute cette sensiblerie qui l'envahit mais elle en a été tant sevrée qu'elle est prête à y plonger jusqu'à l'écœurement. La meilleure façon pour se faire avoir. Elle n'aura pas toujours la chance de tomber sur un type aussi gentil que Vincent. Continue ma fille et tu risques de collectionner un joli lot de déceptions, de peines de cœur en tout genre… Mais pour l'instant, elle n'en a même pas peur. Bien au contraire, elle aspire à vibrer, aimer, souffrir même, tout plutôt que ce vide qui était le sien. Sa vie future ne sera pas rose. C'est sûr. Comme dirait Martine et son gros bon sens. Il va falloir retrouver un boulot, pas évident, et en plus elle sera seule, sans personne pour l'aider, dans une ville qu'elle ne connaît pas… Il lui reste en tout et pour tout sur son compte 614,25 euros, moins le billet acheté ce matin, 73,60, soit 540,65. Et pourtant rien ne peut l'effrayer. Elle a la conviction qu'elle va s'en sortir. Parce que désormais, terminé les contraintes. Ça, tu peux le comprendre, Martine ?

Au début, elle n'avait pas osé lui toucher le sexe ou plutôt elle l'avait fait furtivement comme un dernier reste de pudeur, habituée à ce que ce soit l'homme, enfin Djamel, qui mène les ébats.

La voix de Germinal résonne soudain, il annonce

Montauban et les correspondances pour Agen, Caussade et Albi.

Elle avait pris son temps pour se rhabiller. Malgré le départ de Vincent, et la certitude qu'elle ne le reverrait plus, malgré la froideur des lieux, leur tristesse même, qui lui rappelait la salle de repos du supermarché, elle était irrésistiblement heureuse.

Elle s'était débarrassée avec un kleenex du rimmel qui avait coulé, avait rattaché ses cheveux en se fixant dans la glace. Se regarder, sans plus avoir honte. À la maison, elle tournait la tête quand elle passait devant le miroir que Djamel avait installé dans leur chambre. Il avait insisté pour ce miroir. « Faut pas avoir peur de ce qu'on est. » Une vraie pensée de pauvre. Une obsession à se rabaisser, sous couvert de vérité. C'est ça qu'elle ne supporte plus. Son manque d'envie de voir les choses autrement. Pour lui, tout ça c'est des conneries. « Quand on te traite comme de la crotte, tu finis par devenir de la crotte », expliquait Julia Roberts dans *Pretty Woman,* elle s'en souvenait parce qu'elle avait utilisé le mot « crotte ». Elle, elle aurait dit merde, crotte, ça faisait presque gentil.

Elle tourne autour, mais le point important c'est celui-là. Elle ne reviendra pas, c'est fini. Elle en a fini pas seulement avec Djamel, avec ses mauvaises plaisanteries, son linge sale, ses cuites régulières, ses coups de gueule, son vieux pantalon de gymnastique comme il dit, le même depuis dix ans, et ses plans moisis, qui suent la misère indélébile, mais aussi avec sa vision des choses, sa complaisance au malheur, toutes ces pseudo-vérités assenées, ressassées tellement qu'elle avait fini par ne plus voir le monde qu'à travers ses yeux.

Voilà pourquoi elle ne reviendra pas. Pas parce qu'elle ne l'aime plus, la question ne se pose plus depuis longtemps, quand elle était avec lui, elle n'aurait même pas su dire ce que cela signifiait, mais parce qu'elle déteste tout ce qu'il affirme, tout ce qu'il pense, parce qu'entre elle et lui, il y a eu aujourd'hui, cette fugue qui lui prouve que le monde n'est pas ce qu'il dit.

37

UNE HISTOIRE DE FOUS

Elle a d'abord pensé à demander à une choriste. Muriel se serait méfiée. Une fois, une collègue avait fait appeler chez son amant, un homme marié, par un copain, pour que la femme ne se doute de rien… Donc Germinal. Il entre dans le compartiment, fait un signe à Vincent. Ils sortent ensemble et rejoignent la tête de la voiture où elle les attend. Elle n'a pu résister à l'envie de le revoir, mais elle a peur de tomber sur Muriel. Elle rougirait rien qu'en la voyant et ne veut pas poser de problème à Vincent.

Martine aurait pu faire ça. Elle et ses copines, elles sont toutes pareilles, un mélange de mère courage et de petites filles espiègles. Des ruses à deux balles. On dirait les *Feux de l'amour* dans le train… Tant pis. Elle veut juste lui parler une dernière fois. Ils ne se sont même pas dit au revoir.

Elle cherche Germinal, mais il est introuvable, alors elle se résout à changer ses plans. Elle passera dans le couloir, s'arrêtera quelques secondes devant la porte vitrée pour jeter un œil. Avec un peu de chance, peut-être que leurs regards se croiseront.

Mais à peine elle arrive voiture 16 qu'elle aperçoit Bruno, sa valise à la main, l'air très énervé.

Elle devine qu'il s'est passé quelque chose. Elle sait reconnaître l'odeur du drame. Une sorte de prescience, acquise au cours de son existence. Un certain regard étonné et affolé tout à la fois, une certaine façon raide, saccadée d'agiter les mains, qui annonce la catastrophe avant même que l'autre n'ait commencé à s'expliquer.

« Ils se sont tapés dessus ! » lâche-t-il à sa hauteur puis il continue son chemin sans s'arrêter.

Elle tergiverse. Des passagers la bousculent. Elle se dirige vers le compartiment, ralentit une fois devant la porte.

Ce qu'elle voit la stupéfie. Muriel en larmes dans les bras de Nicolas. Elle n'en croit pas ses yeux. Elle repasse une deuxième fois. C'est bien ça. Muriel a la tête posée sur l'épaule de Nicolas qui lui caresse les cheveux. On dirait qu'il la berce.

Julia ne comprend plus rien. Ils sont amants ? Elle n'ose pas repasser encore de peur de se faire repérer. Elle se perd en suppositions. Bruno a parlé d'une bagarre ?.. Elle se décide à partir à la recherche de Vincent.

Elle pressent, enfin espère, qu'il s'est passé un truc énorme, Vincent a quitté Muriel, elle ose à peine le formuler. Surtout pas se faire de films, tout en sentant monter une sensation familière… quand tout se bouscule et qu'on ignore encore le fin mot de l'histoire, les détails que l'on apprend par bribes, que l'on tourne et retourne dans sa tête, jusqu'à ce que le récit prenne forme. Vincent et Nicolas se sont bagarrés, la seule certitude. La raison, elle l'ignore, comme avec Djamel, elle la découvrira plus tard. À cause de leur machin à Toulouse ? Il a encore engueulé Vincent qui a fini par se vexer ? Une pensée, un éclair, qu'elle essaie de chasser, ils se sont battus à cause de moi… ? Pas de films… De toute façon, dans leur cas, aucun risque d'après-midi au commissariat avec un flic qui vous fait la morale. À cause d'elle ? Stop ! Vincent n'est plus à sa place, Muriel est avec Nicolas. Recoller les morceaux du puzzle.

Elle examine les visages des passagers dans les compartiments, dans les allées. Les battements de son cœur s'accélèrent. Terrain connu. Une montée d'adrénaline où se mêlent la peur et l'excitation. Quand Laura ou Djamel tardait un peu trop à rentrer, c'étaient les seuls moments qui sortaient de l'ordinaire, où elle se sentait exister. Qu'elle pouvait raconter aux autres. Elle rit. Si elle revenait, elle en aurait des trucs à dire, l'héroïne de tout le quartier pendant des semaines, « le coup de chaud de Valérie », les copines, Martine en tête, citeraient son exemple à chaque fois qu'il y aurait des embrouilles dans un couple, en tout cas, elle passerait désormais pour une allumée.

Mais là, c'est différent. Pas la certitude du pire. Tout le contraire. Un espoir de plus en plus fort…

Elle arrive voiture 13. « Où es-tu, où es-tu ? » Les choristes n'ont pas vu Vincent. Un stylo. Un bout de papier. « J'ai des images qui s'entêtent… » Son numéro de portable si jamais il passe ici. Promis. Elles sont tout excitées. Une bagarre ! Il a largué sa femme, risque l'une. « J'ai des mots qui frappent qui sonnent/Dans mon corps et dans ma tête… » Des encouragements. « Où es-tu, où es-tu ? » Elle repart. Elle sent l'émotion la submerger. Elle marche main dans la main avec Vincent, il lui sourit. Ils ont pris une chambre d'hôtel en attendant de voir. Elle s'arrête un instant pour reprendre son souffle. Peut-être que lui aussi de son côté la cherche ? T'es amoureuse ? Oui. Mais sérieusement ? Aucun homme ne m'avait regardée comme ça. « Avec toi, on peut jamais tirer un petit coup », l'engueulait Djamel, quand elle n'avait pas envie. « Si seulement tu m'avais désirée vraiment, fait croire que j'étais belle… »

Aude se tient debout, accoudée à une fenêtre, elle fixe l'horizon.

— J'ai quitté Nicolas.

Julia n'est pas certaine d'avoir bien compris. À nouveau un pressentiment. Un coup au cœur. Vincent est parti avec elle…

Les deux femmes sont ballottées au rythme du train.

— C'est dès la première fois qu'on devrait réagir, poursuit Aude.

C'était couru, enfin logique. Quand Julia les avait vus arriver dans le compartiment, elle avait d'abord pensé qu'Aude était la femme de Vincent.

— On croit que les petites trahisons n'ont pas d'importance. On s'accroche au grand dessein…

Elle trouvait qu'il était mieux assorti avec elle. Plus douce, plus gentille.

— Je voulais qu'il m'aime pour ça, poursuit Aude. Enfin parce que j'étais au-dessus de ça. Mais lui, il m'a juste choisie parce que je ne disais rien…

Julia se sent rattrapée par le fatalisme de Djamel, les pauvres avec les pauvres, les riches avec les riches, pas d'exception, que des déceptions. Fugitive, l'image de sa maison apparaît, son salon au papier peint qui par endroits se décolle à cause de l'humidité, l'odeur de moisi dans les toilettes, le lino abîmé de la cuisine.

Aude lui dit que Vincent était là à l'instant, qu'il vient juste de partir.

Puis d'un ton soudain enjoué, elle lui glisse :

— Je crois bien qu'il vous cherche…

L'émotion fait bredouiller Julia « Vous n'êtes pas… » Aude sourit « Ensemble vous voulez dire ! ». Elle éclate de rire. Julia aussi. Légère, soudain tellement légère. Elle s'enhardit, elle voudrait savoir où a lieu le colloque, au cas où elle ne retrouverait pas Vincent dans le train. Aude fait une grimace. Elle ne pense pas qu'il ira. Il a eu des mots, plus que ça même, avec Nicolas.

Bruno a dit vrai, pense Julia. Elle voudrait serrer Vincent dans ses bras, là tout de suite, un élan irrésistible, l'embrasser, le consoler.

— Son numéro ? Vous auriez son numéro ?

Aude fait non de la tête. Elle est l'amie de Muriel… Julia fait une grimace. Mais Nicolas doit l'avoir. Julia n'est pas sûre d'oser lui demander.

— « Sans amour on n'est rien du tout… », fredonne Aude. Vous avez remarqué, les chansons de variété ont toujours l'air un peu bêbête avec leurs paroles naïves et leur musique facile ? Et pourtant, elles expriment exactement ce que nous ressentons…

Julia lui fait un signe de la main et se met à courir.

— C'est sans doute pour ça qu'on fait comme si on ne les entendait pas…, ajoute Aude en la regardant s'éloigner.

Julia se fraye un chemin parmi les passagers qui encombrent le couloir. Et si Vincent avait juste envie d'une oreille compatissante pour se faire consoler… ? Elle se concentre sur ses escarpins pour ne pas penser à tous les yeux qui se posent sur elle. Cours ! Peut-être qu'Aude a enjolivé les choses… Ou alors… Ta gueule ! Cours ! Pardon ! Pardon ! Pas le temps de s'arrêter pour s'excuser…

Voiture 16, elle ralentit. Comment elle va s'y prendre ? Elle peut quand même pas entrer et réclamer tout de go le numéro de Vincent. Une idée ! Une idée ! Mais avant même qu'elle ait eu le temps de réagir, elle voit Muriel qui sort du compartiment.

Julia fait demi-tour illico. Elle tente de se réfugier aux toilettes. Elle appuie plusieurs fois sur la poignée de toutes ses forces. Mais la porte reste obstinément close. Elle remarque enfin le petit rectangle rouge au-dessus de la poignée. Occupées ! Muriel se rapproche… Julia s'engouffre dans le sas.

38

« JE VOUS ÉTONNERAI... »

Vincent sursaute. La main énergique qui a essayé d'ouvrir la porte des toilettes le tire de ses pensées. Tout est allé si vite. Le coup de poing, la trahison de Nicolas, la rupture avec Muriel. C'est marrant mais ce qui l'impressionne le plus, enfin, l'image qui l'obsède, c'est Nicolas, allongé par terre, geignant. Muriel lui lance un regard horrifié et inquiet, comme si elle devinait la suite, Aude, très calme, n'esquisse même pas un geste pour porter secours à son mari et Bruno, recroquevillé sur son siège, terrorisé. Exactement tel qu'il l'avait imaginé. « Une caissière ! même pas, une caissière au chômage !... » Lui debout propulsé par un ressort. Muriel sans doute s'attend à ce qu'il s'excuse, la rassure. C'est une pauvre fille ou un truc du genre... Et lui qui fixe Nicolas. L'autre l'engage du regard à trahir

Julia... Pam ! Nicolas s'écroule, la tête violemment en arrière et les jambes raides, glisse contre le siège, tombe au sol, Bruno qui écarte ses pieds, puis les cris de douleur. Et lui qui secoue sa main douloureuse... Le coup était parti tout seul. Enfin non, il s'était écoulé une petite fraction de seconde avant qu'il balance son poing. Le temps de réaliser que le destin lui avait donné une seconde chance. Ils n'avaient rien vu, mais lui, il savait. Par contre, le bras tendu pour prendre le sac, le silence obstiné aux questions de Muriel, la sortie sans un mot, tout ça oui, dans la foulée, entré dans une autre dimension. Comme le départ d'Aude, et ses explications sur les manigances de Nicolas, Machiavel au petit pied... Comment avait-il pu se laisser engluer dans une existence aussi minable et donner à cette connerie de colloque une telle importance... ? Il fait couler un peu d'eau froide sur ses doigts endoloris. Une bonne gauche ! Tout son corps en appui. Le sentiment d'être invincible.

Il s'assoit sur la lunette. Il sort son carnet, l'ouvre, en lit quelques phrases. « Quand il croise un noyé, le dauphin sent tout de suite si le défunt a mangé de la chair de dauphin durant sa vie... » Il s'amuse de son écriture appliquée, qui donne à toutes ses notes un air de cahier d'écolier – d'habitude, il forme à peine ses lettres, fait de longues incises en tous sens, souvent impossibles à déchiffrer ensuite, ce qu'il accepte avec une passivité qui rendait folle Muriel. Chaque poisson référencé, « la pieuvre possède des tentacules aussi larges que des troncs d'arbres... », devenus soudain des mots morts, des bancs entiers, vidés de leur sens comme de toute force, « Le porc marin vit au fond des mers et se nourrit de vase... », un véritable barrage sur l'océan du monde.

Il renifle sa main gauche mais l'odeur de Julia a disparu.

Le vrai se dévoile presque par hasard. À notre insu. Nous n'avons de cesse, dans l'amour comme dans tout le reste, que de nous créer des habitudes. Notre existence ne repose que sur une chose : la répétition. Le don juan, le globe-trotter ou même l'érudit cherchent chacun à apprivoiser le désir. Mais, au fond de nous, nous le savons, à la fin, nous ne garderons en mémoire que la première fois, cette première fois où, avec l'unique secours de notre imagination, nous nous sommes jetés à l'eau.

Il a définitivement perdu pied et, étonnamment, la peur s'est évanouie aussi. Tout le beau est dans la dérive.

Il sort un stylo et, sur la page de garde, écrit : « Je l'aime ! »

« Je l'aime ! » La révélation le secoue. Pour un peu il crierait. Julia le dérouterait toujours, le déborderait, il n'aurait qu'à la laisser faire et à la suivre, à s'agripper pour ne pas tomber – cette capacité, qu'ont certaines femmes d'enchanter le réel... Il s'en était rendu compte mais ne l'avait pas compris sur le coup. L'image qui lui vient est celle de la cellule en biologie. Julia enserre en elle toute l'énergie du monde, dépouillée de ses limites, elle est la vie même. L'océan et les poissons enfermés dans une goutte d'eau.

Il sait maintenant exactement ce qu'il doit faire. La retrouver.

Ils feront l'amour dans toutes les couchettes des wagons-lits de la planète, leurs ardeurs seront bercées par le rythme des rails, celui haletant des express, celui tendre, presque las des trains de longue distance. Au son des annonces dans toutes les langues, le monde défilera à travers la fenêtre, tel un tableau, paysage de champs, de forêts, de villages dont seule change la forme des toits ou la couleur des pierres, et de gares, toutes pareilles, avec leur foule de voyageurs aux regards inquiets. Ils se cacheront sous les draps pour ne pas être vus et tandis qu'ils entendront le bruit menaçant de pas et de valises, la peur qu'un étourdi tente d'entrer, il l'embrassera lentement sur l'épaule. Il y a quelque chose de si fragile et pourtant de vital, dans le contact de sa peau. Toutes ses pensées, toute sa vigueur, toute sa vie même seront dans ses lèvres qui effleureront sa nuque…

Il n'a ni téléphone ni son nom. Juste Julia… Peut-être que les choristes du Happy Days Band le connaissent ? Il n'a jamais eu l'esprit pratique. Il se tient la tête entre les mains. Fouiller tout le train ?

On arrive dans moins d'un quart d'heure, il risque de ne pas avoir le temps.

Ils le feront à chaque anniversaire de leur rencontre, leur seule habitude, pas même, un rituel, il l'amènera à la gare et, devant les multiples destinations affichées, elle choisira, il prendra une cabine en première, pas de bagage, juste une couchette, tu auras un petit rire léger quand tu m'entendras fermer le loquet…

Et s'il ne la retrouvait pas ?

Il ne peut pas avoir fait tout ça pour rien. Pourquoi faut-il toujours qu'il cherche un sens aux choses ? Julia est la vie même.

D'un bond il se lève. Par la fenêtre entrebâillée, il jette son carnet. Plus besoin de présage.

Mais peut-être que pour elle, tout ça n'a pas d'importance ? S'il était juste une aventure, un truc marrant qu'elle n'avait jamais fait avant, baiser avec un inconnu dans un train.

Il saura la séduire, la conquérir. Un homme, désormais. « Je vous étonnerai… » Il la vouvoiera, comme il sied avec celle pour laquelle il a tout abandonné. Il se sent capable de consacrer sa vie à l'aimer.

Il va demander à Germinal de passer une annonce : « M. Vincent attend Mlle Julia, voiture 13… »

Mais si elle ne vient pas ?

39

LA FEMME DANS LA GLACE

Elle s'est cachée dans le renfoncement près de la porte de sortie de la voiture 15. Dans le reflet de la vitre, elle a vu passer Muriel, le visage défait. Elle a attendu quelques secondes, puis est retournée sur ses pas en courant. Profiter de l'occasion que Nicolas est seul dans le compartiment.

Elle entre.

— Désolée de vous déranger, fait-elle d'une voix timide.

Il sursaute.

— Qu'est-ce que vous venez faire ichi ? crie Nicolas en se levant.

Elle agite les mains pour l'apaiser.

— Que vous est-il arrivé ?

Une zone tuméfiée et rouge orne le bas de son visage, juste sous le coin gauche de sa lèvre.

— Il m'a cassé deux dents ! Tout ça à cause de fous !

— C'est sûrement un malentendu…, fait Julia d'un ton plein de compassion. Il faut que vous voyiez un dentiste. Je peux appeler ma cousine si vous voulez. Elle habite à Toulouse. Elle en connaît forcément un…

Il hausse les épaules et lui jette un regard méprisant.

— Vous n'êtes qu'une scélérate, comme on disait au XVIIe chiècle… Une ribaude, …une chybarite !… Une hétaïre ! Une…

Il éclate d'un rire mauvais en l'entendant expliquer la raison de sa présence.

— C'est très important, supplie-t-elle.

— Plus important que ma carrière et mon mariache ? tempête-t-il.

Il sort son portable de sa poche et lui montre l'écran.

— Voulez-vous chupprimé ? Oui ! Terminé Vincent ! Sublator causa, tollitur effectus ! La cause annulée, l'effet disparaît ! Exchit ! Tes remords te chuivront comme autant de furies !

Elle le gifle et, sans un mot, sort.

— On aurait dû voyacher en première, maugrée Nicolas en se tenant la joue.

Elle repart vers l'avant. Toujours aucune trace de Vincent. Il a cogné Nicolas comme aurait fait Djamel… Tout ça à cause d'elle… Elle compte vraiment pour lui alors ? Elle regarde partout à s'en faire mal aux yeux. Ce n'est pourtant pas si grand un train. Ils vont se retrouver, elle le sent, il la prendra dans ses bras, il… Pour une fois la chance sera de son côté. Le malheur, elle ne le calcule plus, comme dirait sa fille. Des visages. Inconnus. Des regards indifférents, des voyageurs sans histoire. Elle a déjà passé en revue les voitures 13, 12 et 11. Ne t'inquiète pas Laura, toi, j'te calcule ! Je serai toujours là pour toi…

Soudain la sonnerie du téléphone la fait sursauter. Elle a oublié de l'éteindre après avoir appelé sa cousine. Djamel ! Sa colère resurgit.

Il avait dû appeler mécaniquement, tel un geste qu'on répète sans presque plus y penser, ayant déjà anticipé de tomber sur le répondeur.

— Attends je t'entends mal !

Elle se réfugie dans les toilettes.

Dans la glace, Erin Brockovich lui sourit. Elle a un tee-shirt rose guimauve, qui lui fait un décolleté ravageur, on voit la dentelle de son soutien-gorge dépasser, les cheveux sur les épaules, un chewing-gum dans la bouche.

Il avait dû se préparer toute la matinée et boire aussi pour s'échauffer, elle le devine à sa diction pâteuse, une engueulade bien sévère qui, à force d'être ressassée à coups de whisky, ressemble maintenant à un apitoiement sur son sort, les gros durs quand ça ne peut pas gueuler, ça pleure…

Alors tout remonte en elle.

— T'es encore bourré ?

Djamel cherche ses mots, pleurniche.

Elle ne lui a jamais parlé ainsi mais Julia Roberts l'encourage.

— C'est fini !

Et pour être bien sûr qu'il a compris, elle ajoute :

— Il y a quelqu'un d'autre !

Pas de réponse.

— Tu diras à Laura que je l'appellerai dans quelques jours, quand je serai installée. Ou plutôt non, ne lui dis rien, je lui enverrai un SMS.

Elle raccroche.

« Yes ! » crie-t-elle en se regardant dans la glace. Elle part d'un grand éclat de rire communicatif. La femme magnifique de quarante ans dans le miroir rit aussi fort qu'elle.

« … Voiture 13 » entend-elle en sortant des toilettes. Sûrement une nouvelle annonce de Germinal concernant le Happy Days Band.

Elle réajuste son décolleté. Elle veut être parfaite pour ses retrouvailles avec Vincent.

40

UN TÊTE-À-TÊTE

Son expression haineuse paralyse Julia. Elle n'a pas eu le temps de l'esquiver. Nez à nez avec Muriel dans le couloir. Elle esquisse un pas en arrière mais l'autre l'a attrapée par l'épaule. « Non, mais ça va pas ? » Julia est en terrain familier. Les embrouilles entre femmes, elle connaît. Il faut gueuler la première, le plus fort. Prendre le dessus d'emblée. « Vous êtes pas bien dans votre tête ? » Muriel la regarde ébahie. Elle l'a retenue sans réfléchir. Mais dès qu'elle l'a saisie, elle s'est arrêtée. L'idée d'un scandale en public, devant les passagers, la tétanise. Julia la toise. Prête à la bagarre. Elle se reprend. L'immobilité de Muriel la trouble. Pas envie de revenir aux réactions d'avant. « Ça ne va pas ? » articule-t-elle d'un ton radouci. Muriel voudrait… Elle aimerait… Si seulement elle pouvait… Julia la prend par le bras. « Venez… » Elle l'entraîne près du sas. Muriel s'en veut de s'abandonner ainsi, de ne pouvoir réagir. « Vous devriez vous asseoir ? » Elle secoue la tête. Non. « Vous êtes toute pâle… » Une gêne profonde, Muriel n'a plus qu'une envie maintenant. Sortir de cette situation. Une cruche. Julia se tait aussi, et guette le moindre signe sur son visage. Combien de temps ça prend de se défaire de ses anciens réflexes, pour qu'ils ne resurgissent pas à la première occasion ? Puis à nouveau la colère. « Ça va ? t'es contente de toi ? » Lui tirer les cheveux. « T'étais en manque ? » L'injurier. « Tu venais de quitter ton mari alors il te fallait un mec ? » Lui gueuler dessus. « Tu penses que tu peux foutre ma vie en l'air en cinq minutes ? » Lui dire n'importe quoi. La casser. « Il va pas rester avec toi ! Avec ta dégaine ! » Mais rien qui vient. Enfin des conneries. « Barre-toi ! Dégage ! » Il est trop tard. Julia se tient patiemment devant elle, comme si elle cherchait par sa sollicitude à se faire pardonner et tente de résister à l'envie de lui avouer ce qu'elle sait sans doute déjà, la soulager un peu même si ça ne sert à rien. Muriel relève les yeux, fixe Julia. Alors une larme, fugitive, coule le long de sa joue, puis une autre et encore une autre. Julia lui tend un mouchoir en papier. Muriel s'en saisit. L'autre pose sa main sur son bras, Muriel voudrait la repousser, l'infinie tristesse qui est la sienne à cet instant, retenir ses pleurs, la partie perdue, et puis toute sa vie qui appartient soudain au passé. Elle imagine la tête du mari de Julia, seul, chez lui. Il ne reste plus rien de connu, d'habituel. Elle voudrait que tout cela n'ait pas eu lieu. Puis, un élan d'une énergie farouche. Jamais plus forte que dans la contrariété. Un pli léger, presque imperceptible, se dessine au coin des lèvres, le relèvement des commissures. Julia, d'un geste timide, lui caresse les cheveux. « Il m'a quittée… » lâche, entre deux sanglots, une voix qu'elle ne se connaît pas. « C'est peut-être mieux ainsi… » Généreuse, généreuse. Et confiante. Voilà comment elle veut être demain. Elle lui fait signe de s'en aller. Julia s'éloigne, laissant Muriel elle-même stupéfaite de ce qu'elle vient de dire.

Pleurante. Et souriante.

41

Toulouse

La vitesse du train diminue, dans le couloir, il y a foule. Il lui est impossible d'avancer. Par la fenêtre, Julia voit les immeubles peu à peu ralentir, puis s'arrêter. Elle se sent comme à l'étranger dans ce décor inconnu. Elle voudrait déjà être sur le quai, pour retrouver Vincent. Mais il y a tellement de monde. Deux hommes devant elle se retournent, la laissent passer. Elle leur jette un bref merci sonore et descend.

— La voilà, crie quelqu'un.

Aussitôt une vingtaine de personnes l'entoure.

— Pour Julia hip ! hip ! hourra !

Il y a là les choristes, Dick et Iannis, comme deux vieux amis, et Germinal avec Singh à ses côtés. En passant, les voyageurs la dévisagent et cherchent un nom connu à mettre sur ses traits.

Elle fait signe qu'elle est pressée…

— Vous l'avez vu… ? lui demande Germinal. Il vous attendait voiture 13…

— Mais personne ne m'a prévenue…

— J'ai passé une annonce.

Il l'attendait ! Et elle n'est pas venue ! Il a dû croire qu'elle n'avait pas envie de le revoir… Elle veut remonter dans le train mais Germinal l'arrête. Il n'y a plus personne.

Elle pleure maintenant. Son reste de rimmel coule. Elle sent qu'elle risque de perdre ses lentilles. Plusieurs mains lui tendent un mouchoir. Elle pousse un soupir rieur entre deux sanglots devant ce spectacle. Tous la réconfortent. Les choristes, chacune à leur tour, lui font la bise. Elle pleure de plus belle.

Germinal lui annonce qu'il part en Espagne. Il lui demande si elle veut venir avec eux. Singh a un cousin qui travaille à Barcelone et qui peut les héberger…

Elle décline son invitation et l'embrasse.

— Votre père aurait été fier de vous, lui dit-elle.

Singh s'incline pour la saluer.

— Vus pas plourer. Le monde est noir quand on a les youx fermés.

Un chagrin d'amour pour commencer sa nouvelle vie. Elle tente de se convaincre qu'elle ne peut pas effacer tout ce qui s'est passé depuis le départ à cause du rendez-vous raté. Les happy end, c'est bon au cinéma.

Son téléphone sonne.

— Maman ?

Ça fait combien d'années qu'elle ne l'a plus appelée comme ça ?

— C'est vrai t'es partie ? Complètement ?

Elle a la même voix que quand elle était gamine. Douce et pénétrante, Julia n'en a jamais connu de pareille et ressent instantanément le même réconfort qu'autrefois. Alors tout, les contrariétés au boulot, son épuisement à endiguer les coups durs, les conneries de Djamel, tout, absolument tout s'effaçait sans effort, rien qu'à l'écouter raconter sa journée à l'école.

— Je te comprends…

Julia lui promet de la faire venir dès qu'elle aura un logement.

Elle aperçoit son image sur la vitre du train. Son maquillage défait la fait rire. « Ça c'est vraiment toi/ Ça se sent… », se met à chanter Dick. Aussitôt les autres reprennent « Ça se sent que c'est toi/ Et rien d'autre que toi/Non rien d'autre que toi… »

Elle fait signe aux choristes et à Germinal que ça va, elle leur adresse à tous de grands gestes d'adieu, puis se retourne encore deux ou trois fois, avant de s'éloigner, lentement.

L'anonymat des grandes gares fond sur elle. Sa vie, sa vraie vie commence. Un bref pincement au cœur. Si seule soudain. Enfant, chaque année, elle partait avec sa grand-mère dans une petite station balnéaire bretonne. Au retour, sa mère venait au train la chercher. Et la certitude de cette présence faisait de l'arrivée un moment agréable, elle serrait la main de sa grand-mère, marchait le plus lentement possible pour le faire durer.

Son émotion est si forte qu'elle s'attache à fixer l'horizon. Encore cinquante mètres et elle sera dans le hall.

Plus elle regarde devant elle, plus le décor devient flou, un brouillard d'images, de couleurs, l'odeur lasse et chaude du train, les bruits de pas.

Mais peu à peu son attention est attirée par un point qui grossit au fur et à mesure qu'elle avance, un détail, une scène plutôt. Au bout du quai, sous le panneau d'arrivée, son sac posé sur le sol à côté de lui, un homme semble chercher quelqu'un du regard. Soudain il la repère. Ses yeux s'illuminent. Il esquisse quelques pas au-devant d'elle, mais, peut-être veut-il savourer cet instant, il s'arrête et rougit.

Alors elle lui sourit.

Comme dans un film dont elle serait l'héroïne.

Pour l'éditeur, le principe est d'utiliser des papiers composés de fibres naturelles, renouvelables, recyclables et fabriquées à partir de bois issus de forêts qui adoptent un système d'aménagement durable.
En outre, l'éditeur attend de ses fournisseurs de papier qu'ils s'inscrivent dans une démarche de certification environnementale reconnue.

Ce volume a été réalisé
par IGS-CP à L'Isle-d'Espagnac (Charente)

Cet ouvrage a été imprimé en France
par CPI Bussière
à Saint-Amand-Montrond (Cher)
pour le compte des Éditions Lattès
en décembre 2009

N° d'édition : 01. – N° d'impression : 093645/4.
Dépôt légal : janvier 2010.